Natacha, hôtesse de l'air
LE TREIZIÈME APÔTRE
PAR François Walthéry
SUR UNE HISTOIRE DE
M. Tillieux
COULEURS : VITTORIO.
A' MITTÉÏ.
F.W.

Réédition : septembre 1993 — D. 1987/0089/196
ISBN 2-8001-0854-1 — ISSN 0771-8810

Imprimé en Belgique.

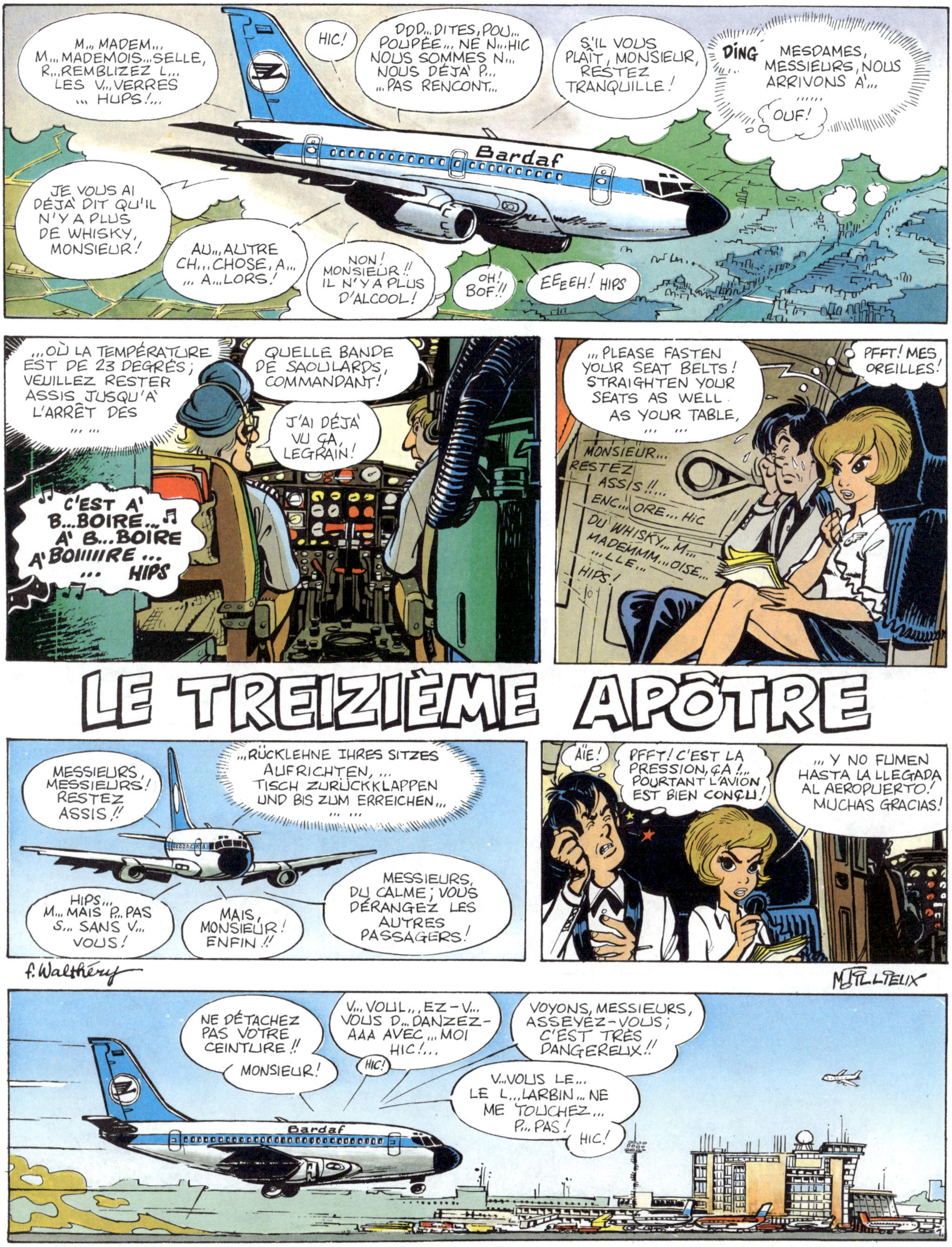
M... MADEM... M... MADEMOIS... SELLE, R... REMBLIZEZ L... LES V... VERRES ... HUPS !...
HIC !
DDD... DITES, POU... POUPÉE... NE N... HIC NOUS SOMMES N... NOUS DÉJÀ P... ...PAS RENCONT...
S'IL VOUS PLAÎT, MONSIEUR, RESTEZ TRANQUILLE !
DING
MESDAMES, MESSIEURS, NOUS ARRIVONS À'... .....
OUF !
JE VOUS AI DÉJÀ DIT QU'IL N'Y A PLUS DE WHISKY, MONSIEUR !
AU... AUTRE CH... CHOSE, A... ... A... LORS !
NON ! MONSIEUR !! IL N'Y A PLUS D'ALCOOL !
OH ! BOF !!
EEEEH ! HIPS
...OÙ LA TEMPÉRATURE EST DE 23 DEGRÉS ; VEUILLEZ RESTER ASSIS JUSQU'À L'ARRÊT DES ... ...
QUELLE BANDE DE SAOULARDS, COMMANDANT !
J'AI DÉJÀ VU ÇA, LEGRAIN !
C'EST À B... BOIRE... À B... BOIRE À BOIIIIRE ... ... HIPS
... PLEASE FASTEN YOUR SEAT BELTS ! STRAIGHTEN YOUR SEATS AS WELL AS YOUR TABLE, ...
PFFT ! MES OREILLES !
MONSIEUR... RESTEZ ASSIS !!... ENC... ORE... HIC DU WHISKY... M... MADEMMM... OISE... ... LLE... HIPS !
LE TREIZIÈME APÔTRE
MESSIEURS, MESSIEURS ! RESTEZ ASSIS !!
... RÜCKLEHNE IHRES SITZES AUFRICHTEN, ... TISCH ZURÜCKKLAPPEN UND BIS ZUM ERREICHEN... ... ...
HIPS... M... MAIS P... PAS S... SANS V... VOUS !
MAIS, MONSIEUR ! ENFIN !!
MESSIEURS, DU CALME ; VOUS DÉRANGEZ LES AUTRES PASSAGERS !
AÏE !
PFFT ! C'EST LA PRESSION, ÇA !... POURTANT L'AVION EST BIEN CONÇU !
... Y NO FUMEN HASTA LA LLEGADA AL AEROPUERTO ! MUCHAS GRACIAS !
F. Walthéry
MITTEIX
NE DÉTACHEZ PAS VOTRE CEINTURE !!
MONSIEUR !
V... VOUL... EZ-V... VOUS D... DANZEZ-AAA AVEC... MOI HIC !...
HIC !
VOYONS, MESSIEURS, ASSEYEZ-VOUS ; C'EST TRÈS DANGEREUX !!
V... VOUS LE... LE L... LARBIN... NE ME TOUCHEZ... P... PAS ! HIC !

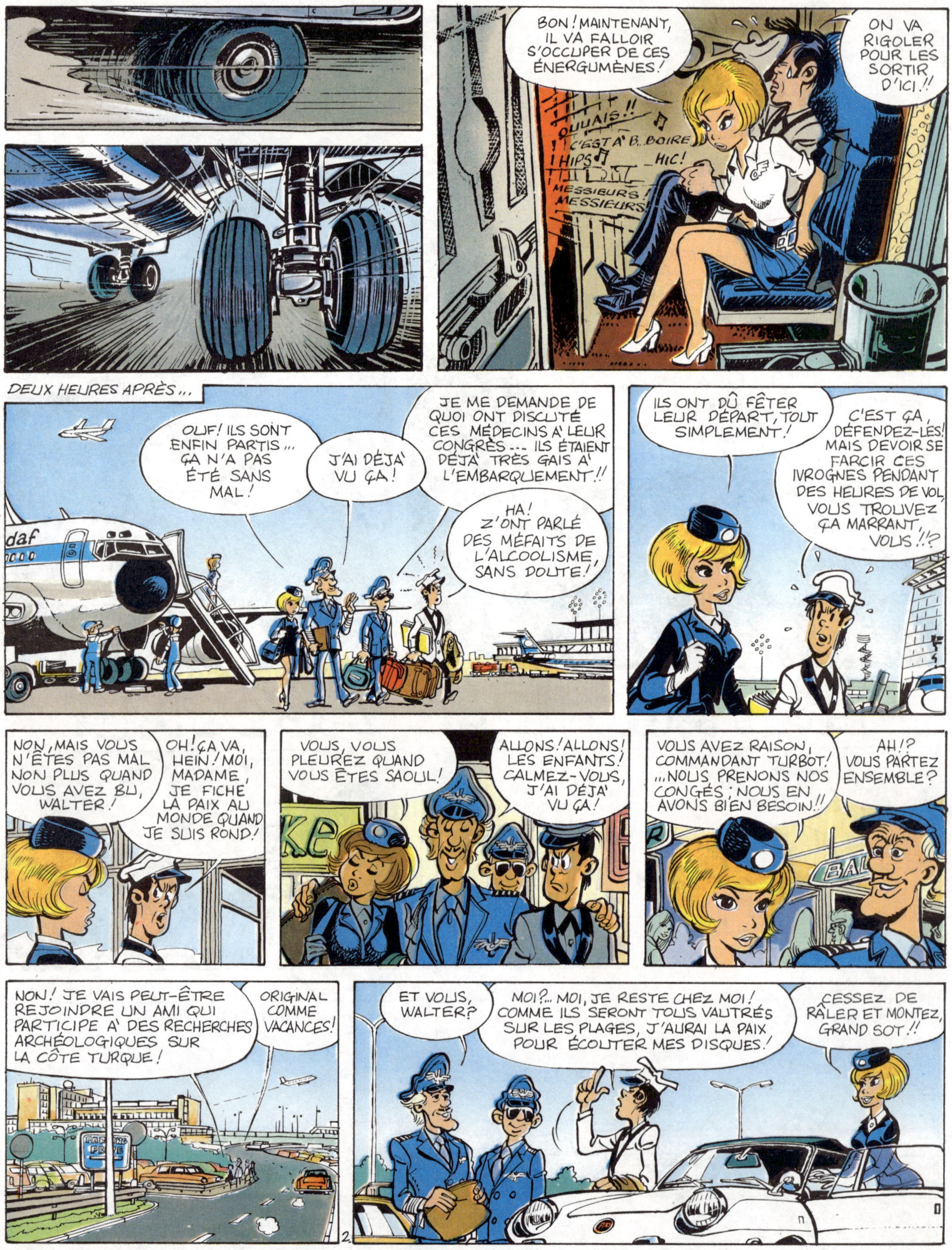
BON ! MAINTENANT, IL VA FALLOIR S'OCCUPER DE CES ÉNERGUMÈNES !
ON VA RIGOLER POUR LES SORTIR D'ICI !!
OUUAIS !!
C'EST À B.. BOIRE
HIPS
HIC !
MESSIEURS
MESSIEURS
DEUX HEURES APRÈS ...
OUF ! ILS SONT ENFIN PARTIS ... ÇA N'A PAS ÉTÉ SANS MAL !
J'AI DÉJÀ VU ÇA !
JE ME DEMANDE DE QUOI ONT DISCUTÉ CES MÉDECINS À LEUR CONGRÈS ... ILS ÉTAIENT DÉJÀ TRÈS GAIS À L'EMBARQUEMENT !!
HA ! Z'ONT PARLÉ DES MÉFAITS DE L'ALCOOLISME, SANS DOUTE !
ILS ONT DÛ FÊTER LEUR DÉPART, TOUT SIMPLEMENT !
C'EST ÇA, DÉFENDEZ-LES ! MAIS DEVOIR SE FARCIR CES IVROGNES PENDANT DES HEURES DE VOL, VOUS TROUVEZ ÇA MARRANT, VOUS !!?
NON, MAIS VOUS N'ÊTES PAS MAL NON PLUS QUAND VOUS AVEZ BU, WALTER !
OH ! ÇA VA, HEIN ! MOI, MADAME, JE FICHE LA PAIX AU MONDE QUAND JE SUIS ROND !
VOUS, VOUS PLEUREZ QUAND VOUS ÊTES SAOUL !
ALLONS ! ALLONS ! LES ENFANTS ! CALMEZ-VOUS, J'AI DÉJÀ VU ÇA !
VOUS AVEZ RAISON, COMMANDANT TURBOT ! ... NOUS PRENONS NOS CONGÉS ; NOUS EN AVONS BIEN BESOIN !!
AH !? VOUS PARTEZ ENSEMBLE ?
NON ! JE VAIS PEUT-ÊTRE REJOINDRE UN AMI QUI PARTICIPE À DES RECHERCHES ARCHÉOLOGIQUES SUR LA CÔTE TURQUE !
ORIGINAL COMME VACANCES !
ET VOUS, WALTER ?
MOI ?... MOI, JE RESTE CHEZ MOI ! COMME ILS SERONT TOUS VAUTRÉS SUR LES PLAGES, J'AURAI LA PAIX POUR ÉCOUTER MES DISQUES !
CESSEZ DE RÂLER ET MONTEZ, GRAND SOT !!

CEINTURE DE MON
...UN PEU DE MUSIQUE, CELA VOUS ADOUCIRA LES MOEURS !...
ÇA DÉPEND QUELLE MUSIQUE!!
OH! ÉCOUTEZ, WALTER, JE VOUS EN PRIE, CESSEZ DE FAIRE VOTRE TÊTE! ...SI VOUS CROYEZ QUE PARFOIS JE N'EN AI PAS MARRE DU TRAVAIL, VOUS VOUS TROMPEZ, HEIN!!
MOI AUSSI, J'AI QUELQUEFOIS UNE FURIEUSE ENVIE D'ENVOYER DINGUER TOUT LE BAZAR!! MOI AUSSI J'EN AI ASSEZ, MAIS JE ME DOMINE, MOI!... C'EST UNE QUESTION DE VOLONTÉ, ÇA!!
LES FEMMES, C'EST NÉ POUR SOUFFRIR!...
C'EST ÇA, ET LES HOMMES NE SONT PAS ÉQUIPÉS POUR! DANS NOTRE MÉTIER, MÊME QUAND ON N'A PAS ENVIE, IL FAUT SAVOIR SOURIRE ET...
AH! OUI, SURTOUT DANS L'AVION; À CES TOUBIBS RONDS COMME DES BILLES! QUELLE PITIÉ!
AH! J'EN AI MARRE DE LA FERMER DEVANT TOUS CES...
WALTER, VOUS COMMENCEZ À M'ÉNERVER!
HA! HA! HA! OUI, ÇA LES ÉNERVE TOUTES QUAND ELLES VOIENT DES GARS PLEINS DE POGNON, ELLES... ...!?
OOUIII! JE T'AIMEEE MON AMAMOUR SUR LA PLAAAAGEEE
QU'EST-CE QUE C'EST QUE CES IMBÉCILLITÉS?!
ÇA, MONSIEUR, C'EST BEAUCOUP PLUS MALIN QUE CE QUE VOUS RACONTEZ!
OÙ L'ON S'AIMAIT L'ÉTÉ PASSÉ
OH PETITE FILLE DE GENS MOYENS, QUAND JE TENAIS TES MAINS
COUPEZ ÇA! C'EST UNE INSULTE À LA MUSIQUE!
NON!
JE PLEURE, JE PLEUREEEE CAR TU N'AS PAS L'ÂGE
MAIS C'EST DÉGUEULASSE! QUEL TRUC DE DÉBILE! CHANGEZ ÇA!
J'AIME ÇA, MOI!
ET IL PLEUT ET IL PLEUT SUR LA PLAAAAAGE
CAR TU N'ES PLUS LÂÂÂ
OH! ÇA SUFFIT, HEIN, VOUS LE FAITES EXPRÈS!
NE TOUCHEZ PAS À ÇA! C'EST MA RADIO!
CE SONT MES OREILLES!
...ET SI VOUS N'ÊTES PAS CONTENT, VOUS POUVEZ TOUJOURS CONTINUER À PIED!
AH! ÇA, C'EST UNE IDÉE!
... MOI QUI SUIS UN PAUUUVRE PETIT GARÇON RICHE SANS AMOUR
3.

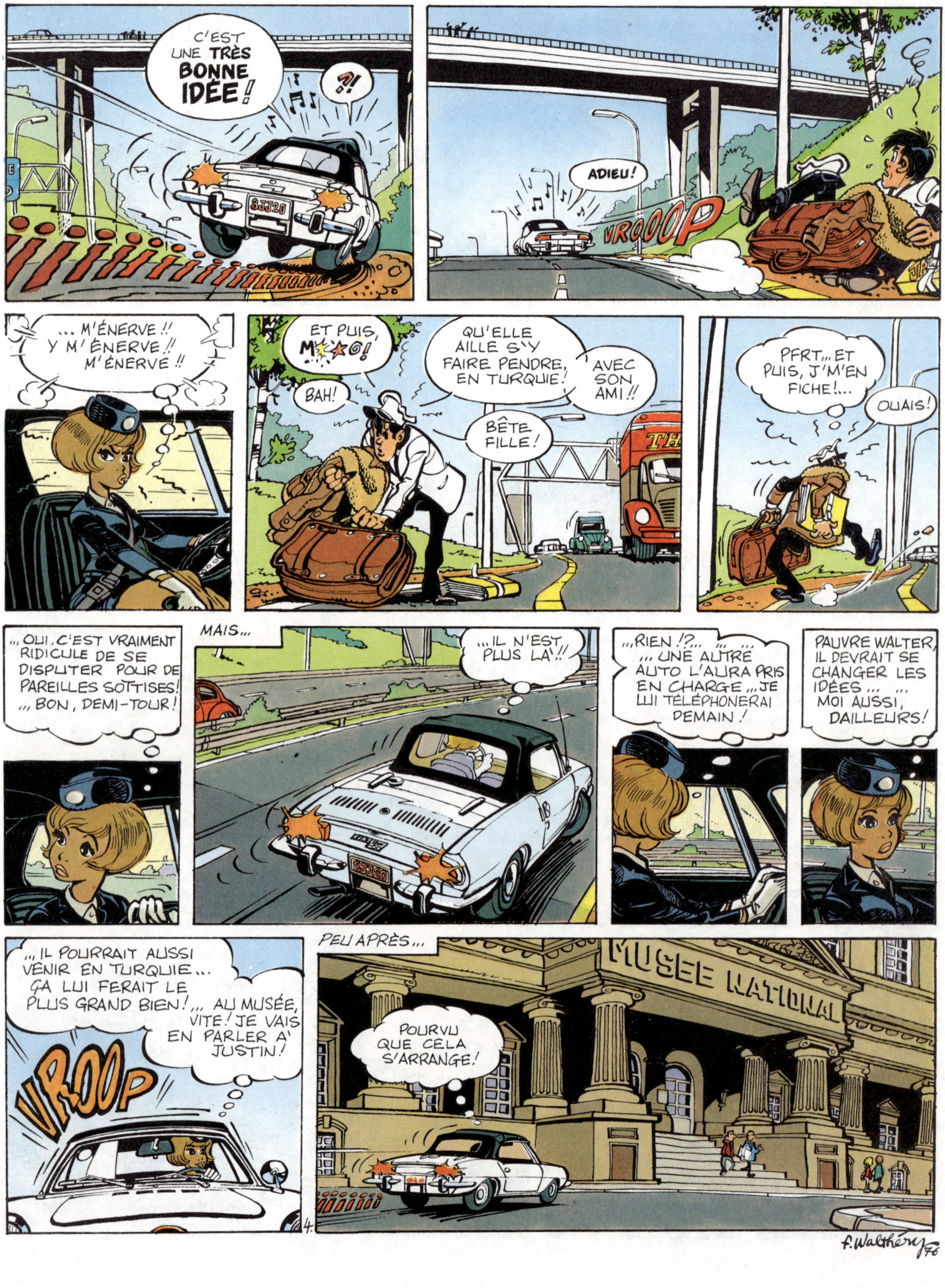
C'EST UNE TRÈS BONNE IDÉE!
?!
ADIEU!
VROOOP
... M'ÉNERVE!! Y M'ÉNERVE!! M'ÉNERVE!!
ET PUIS, M...!
BAH!
QU'ELLE AILLE S'Y FAIRE PENDRE, EN TURQUIE!
AVEC SON AMI!!
BÊTE FILLE!
PFRT... ET PUIS, J'M'EN FICHE!...
OUAIS!
... OUI, C'EST VRAIMENT RIDICULE DE SE DISPUTER POUR DE PAREILLES SOTTISES! ... BON, DEMI-TOUR!
MAIS...
... IL N'EST PLUS LÀ!!
... RIEN!?... ... ... UNE AUTRE AUTO L'AURA PRIS EN CHARGE... JE LUI TÉLÉPHONERAI DEMAIN!
PAUVRE WALTER, IL DEVRAIT SE CHANGER LES IDÉES... ... MOI AUSSI, D'AILLEURS!
... IL POURRAIT AUSSI VENIR EN TURQUIE... ÇA LUI FERAIT LE PLUS GRAND BIEN! ... AU MUSÉE, VITE! JE VAIS EN PARLER À JUSTIN!
VROOP
PEU APRÈS...
MUSÉE NATIONAL
POURVU QUE CELA S'ARRANGE!
F. Walthéry 76

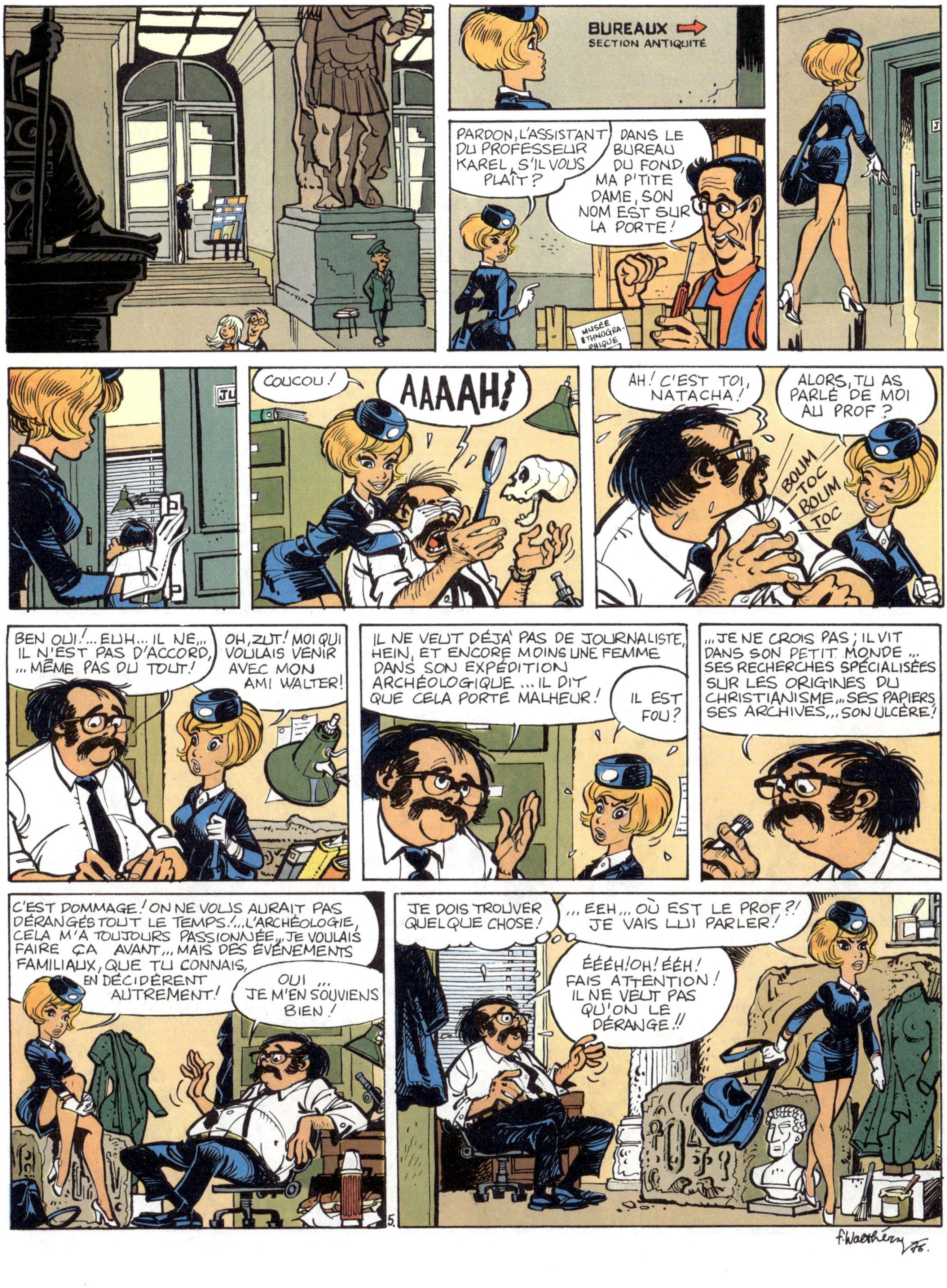
BUREAUX
SECTION ANTIQUITÉ
PARDON, L'ASSISTANT DU PROFESSEUR KAREL, S'IL VOUS PLAÎT ?
DANS LE BUREAU DU FOND, MA P'TITE DAME, SON NOM EST SUR LA PORTE !
MUSÉE ETHNOGRAPHIQUE
COUCOU !
AAAAH!
AH ! C'EST TOI, NATACHA !
ALORS, TU AS PARLÉ DE MOI AU PROF ?
BOUM TOC BOUM TOC
BEN OUI !... EUH... IL NE,,, IL N'EST PAS D'ACCORD,... MÊME PAS DU TOUT !
OH, ZUT ! MOI QUI VOULAIS VENIR AVEC MON AMI WALTER !
IL NE VEUT DÉJÀ PAS DE JOURNALISTE, HEIN, ET ENCORE MOINS UNE FEMME DANS SON EXPÉDITION ARCHÉOLOGIQUE ... IL DIT QUE CELA PORTE MALHEUR !
IL EST FOU ?
... JE NE CROIS PAS ; IL VIT DANS SON PETIT MONDE ... SES RECHERCHES SPÉCIALISÉES SUR LES ORIGINES DU CHRISTIANISME,,, SES PAPIERS SES ARCHIVES,,, SON ULCÈRE !
C'EST DOMMAGE ! ON NE VOUS AURAIT PAS DÉRANGÉS TOUT LE TEMPS !... L'ARCHÉOLOGIE, CELA M'A TOUJOURS PASSIONNÉE,,, JE VOULAIS FAIRE ÇA AVANT,,, MAIS DES ÉVÉNEMENTS FAMILIAUX, QUE TU CONNAIS, EN DÉCIDÈRENT AUTREMENT !
OUI ... JE M'EN SOUVIENS BIEN !
JE DOIS TROUVER QUELQUE CHOSE !
... EEH ... OÙ EST LE PROF ?! JE VAIS LUI PARLER !
ÉÉÉH ! OH ! ÉÉH ! FAIS ATTENTION ! IL NE VEUT PAS QU'ON LE DÉRANGE !!
5.

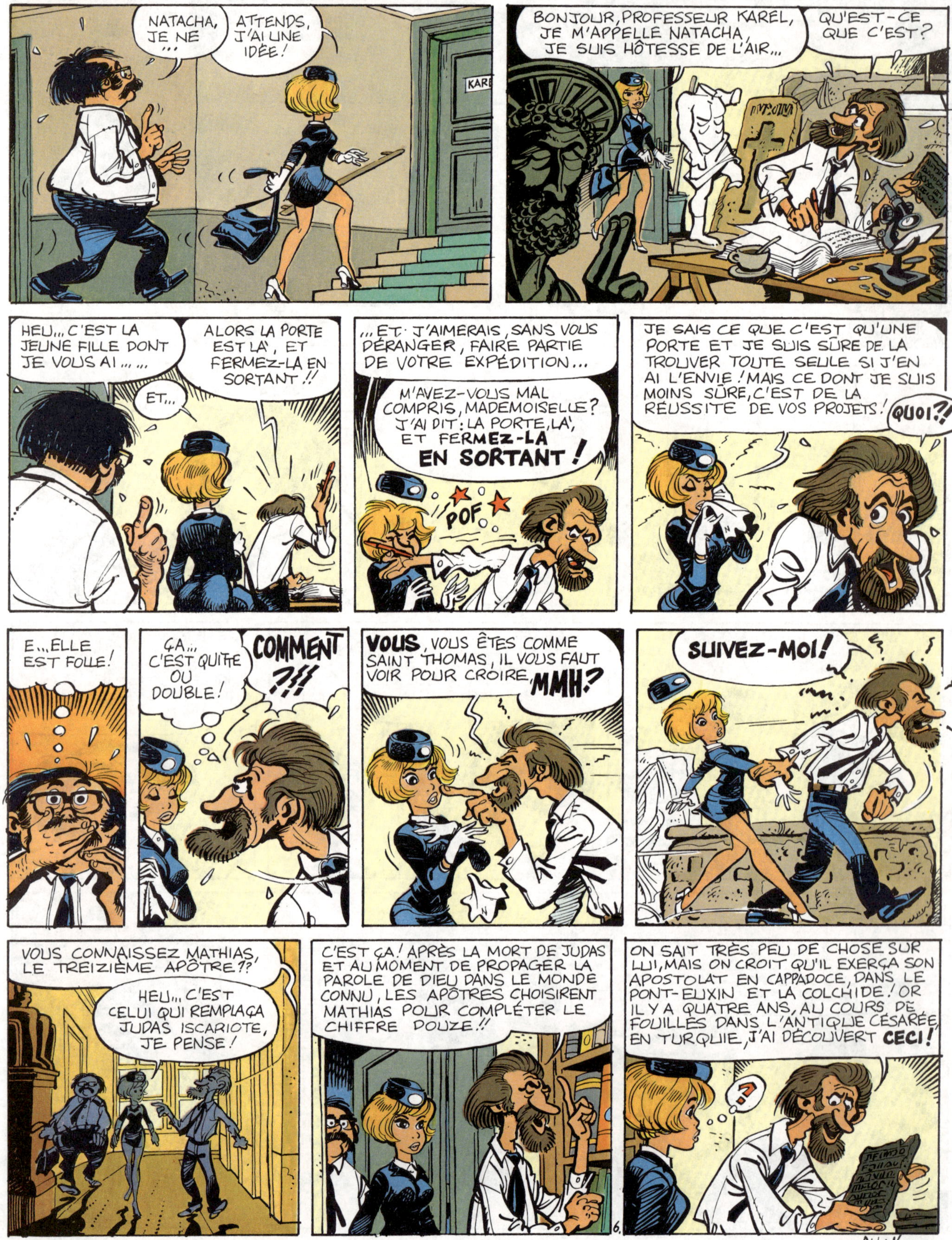
NATACHA, JE NE ...
ATTENDS, J'AI UNE IDÉE !
KAR
BONJOUR, PROFESSEUR KAREL, JE M'APPELLE NATACHA, JE SUIS HÔTESSE DE L'AIR...
QU'EST-CE QUE C'EST ?
HEU... C'EST LA JEUNE FILLE DONT JE VOUS AI ... ...
ALORS LA PORTE EST LÀ, ET FERMEZ-LA EN SORTANT !!
ET...
... ET J'AIMERAIS, SANS VOUS DÉRANGER, FAIRE PARTIE DE VOTRE EXPÉDITION ...
M'AVEZ-VOUS MAL COMPRIS, MADEMOISELLE ? J'AI DIT : LA PORTE, LÀ, ET FERMEZ-LA EN SORTANT !
POF
JE SAIS CE QUE C'EST QU'UNE PORTE ET JE SUIS SÛRE DE LA TROUVER TOUTE SEULE SI J'EN AI L'ENVIE ! MAIS CE DONT JE SUIS MOINS SÛRE, C'EST DE LA RÉUSSITE DE VOS PROJETS !
QUOI ?!
E... ELLE EST FOLLE !
ÇA... C'EST QUITTE OU DOUBLE !
COMMENT ?!!
VOUS, VOUS ÊTES COMME SAINT THOMAS, IL VOUS FAUT VOIR POUR CROIRE, MMH ?
SUIVEZ-MOI !
VOUS CONNAISSEZ MATHIAS, LE TREIZIÈME APÔTRE ?!
HEU... C'EST CELUI QUI REMPLAÇA JUDAS ISCARIOTE, JE PENSE !
C'EST ÇA ! APRÈS LA MORT DE JUDAS ET AU MOMENT DE PROPAGER LA PAROLE DE DIEU DANS LE MONDE CONNU, LES APÔTRES CHOISIRENT MATHIAS POUR COMPLÉTER LE CHIFFRE DOUZE !!
ON SAIT TRÈS PEU DE CHOSE SUR LUI, MAIS ON CROIT QU'IL EXERÇA SON APOSTOLAT EN CAPPADOCE, DANS LE PONT-EUXIN ET LA COLCHIDE ! OR IL Y A QUATRE ANS, AU COURS DE FOUILLES DANS L'ANTIQUE CÉSARÉE EN TURQUIE, J'AI DÉCOUVERT CECI !
?
6.
F. Walthéry 76.

C'EST UN MANUSCRIT, GRAVÉ SUR BITUME, D'UN AUTEUR LATIN D'ANTIOCHE CONVERTI AU CHRISTIANISME...
JE VAIS VOUS EN DONNER LA TRADUCTION!
JE M'EN TIENDRAI À L'ESSENTIEL!... VOICI: ...HMM...
..."LES PAÏENS TIRÈRENT MATHIAS DE SA PRISON LE SEPTIÈME JOUR ET LE CLOUÈRENT SUR UNE CROIX, OÙ IL DEVAIT RESTER JUSQU'À CE QUE SON CORPS TOMBÂT EN LAMBEAUX... ...
QUAND LE SOLEIL PLONGEA DERRIÈRE LE MONT ARGÉE, PLUSIEURS DE SES AMIS ET MOI-MÊME DÉTACHÂMES SA DÉPOUILLE, LA CACHÂMES DANS UNE CHARRETTE À FOIN ET PARTÎMES VERS LE SUD...
NOUS ATTEIGNÎMES UN ENDROIT DÉSERT SUR LE BORD DE LA MER. ALORS NOUS LAVÂMES MATHIAS ET LUI DONNÂMES UNE SÉPULTURE SELON LA LOI DE DIEU. NOUS MAÇONNÂMES LA TOMBE APRÈS Y AVOIR PLACÉ DES OBJETS DE CULTE ET DES TABLETTES GRAVÉES DE SA MAIN...
PUIS À 2.512 PAS ROMAINS DE LÀ, DANS UNE GROTTE, DIOMÈDE DE SAMOS DRESSA TROIS CROIX DE PIERRE DONT LES CROISILLONS MONTRAIENT LE SÉPULCRE...
...NOUS REVÎNMES SOUVENT DANS L'OMBRE TUTÉLAIRE DE LA CAVERNE POUR PRIER ET RECEVOIR LE CORPS DU CHRIST DES MAINS DE DIOMÈDE DE SAMOS AINSI QUE MATHIAS LE LUI AVAIT ORDONNÉ." ...
ET ALORS, QU'EN PENSEZ-VOUS, MADEMOISELLE?
IL SEMBLE QU'IL S'AGIT BIEN DE SAINT MATHIAS, ET JE CONÇOIS QUE SES RELIQUES SOIENT UNE DÉCOUVERTE PRÉCIEUSE POUR L'ARCHÉOLOGIE...
UNIQUE, MADEMOISELLE, **UNIQUE!** UNE OCCASION UNIQUE D'ENRICHIR NOTRE PATRIMOINE SPIRITUEL!
MAIS LA CÔTE SUD DE LA TURQUIE EST LONGUE!
LA PATIENCE EST LA VERTU PREMIÈRE DE L'ARCHÉOLOGIE; J'AI MIS TROIS ANS À TROUVER LES TROIS CROIX DANS UNE CAVERNE PRÈS DE MEKSINA! DEUX S'ÉTAIENT ÉCROULÉES, MAIS LA TROISIÈME ÉTAIT INTACTE!
J'AI RELEVÉ EXACTEMENT LEUR POSITION DANS LA GROTTE-ÉGLISE... LE CROISILLON INTACT, ORIENTÉ NORD-SUD, PORTE L'INSCRIPTION "IN MANUS TUAS DOMINE": ENTRE VOS MAINS, SEIGNEUR.
ET REGARDEZ COMME C'EST CURIEUX... SI, DANS CETTE INSCRIPTION, JE PRENDS LES LETTRES NUMÉRALES, LES CHIFFRES ROMAINS SI VOUS PRÉFÉREZ, ET SI JE LES ADDITIONNE...
...J'OBTIENS 2.512! C'EST-À-DIRE LE NOMBRE DE PAS ROMAINS QUE DONNE LE MANUSCRIT!!...
IN MANVS TVAS DOMINE
I = 1
M = 1000
V = 5
V = 5
D = 500
M = 1000
I = 1
2.512
7.
F. Walthéry 76.

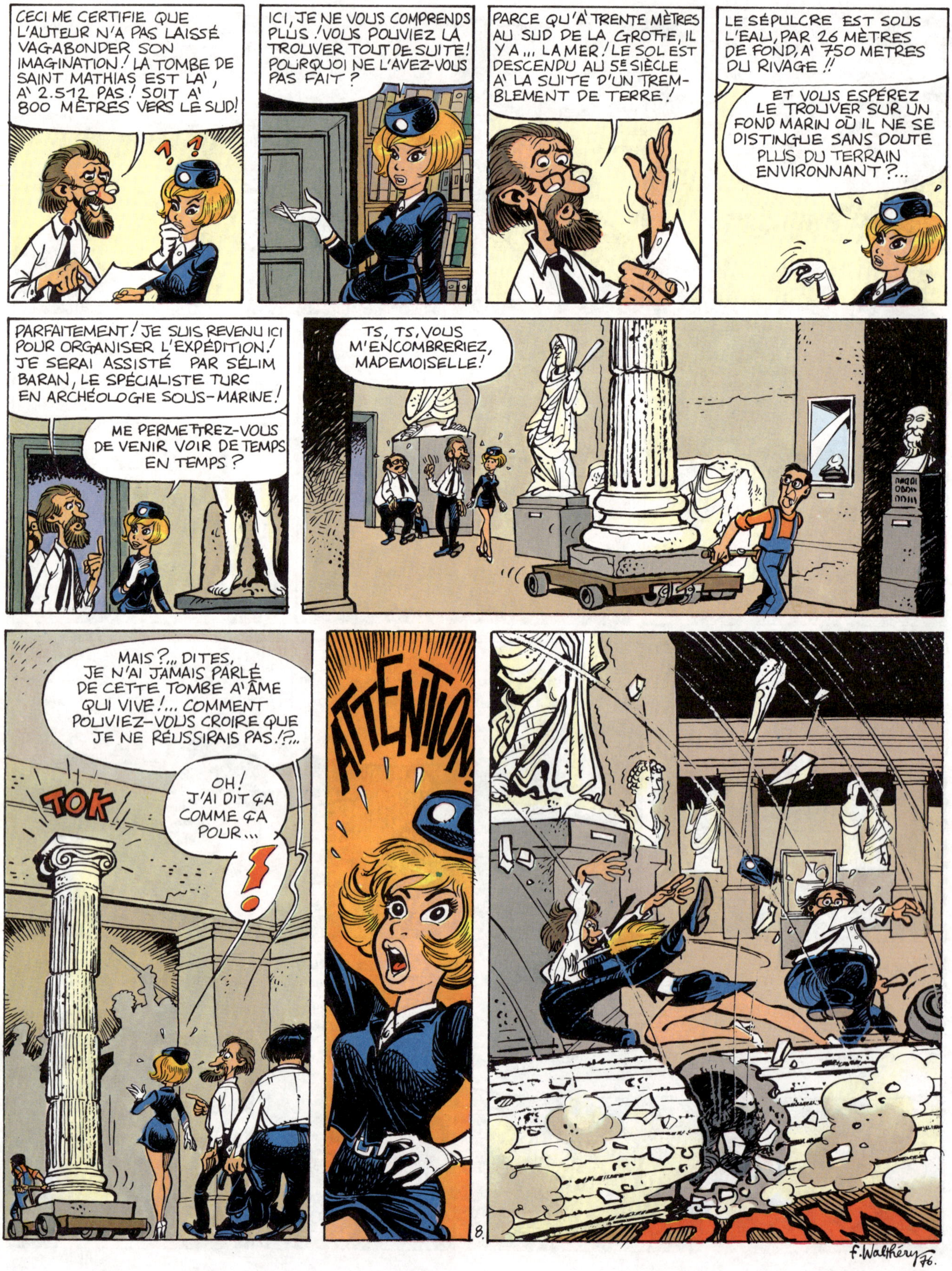
CECI ME CERTIFIE QUE L'AUTEUR N'A PAS LAISSÉ VAGABONDER SON IMAGINATION ! LA TOMBE DE SAINT MATHIAS EST LÀ, À 2.512 PAS ! SOIT À 800 MÈTRES VERS LE SUD !
? ?
ICI, JE NE VOUS COMPRENDS PLUS ! VOUS POUVIEZ LA TROUVER TOUT DE SUITE ! POURQUOI NE L'AVEZ-VOUS PAS FAIT ?
PARCE QU'À TRENTE MÈTRES AU SUD DE LA GROTTE, IL Y A ... LA MER ! LE SOL EST DESCENDU AU 5E SIÈCLE À LA SUITE D'UN TREMBLEMENT DE TERRE !
LE SÉPULCRE EST SOUS L'EAU, PAR 26 MÈTRES DE FOND, À 750 MÈTRES DU RIVAGE !!
ET VOUS ESPÉREZ LE TROUVER SUR UN FOND MARIN OÙ IL NE SE DISTINGUE SANS DOUTE PLUS DU TERRAIN ENVIRONNANT ?...
PARFAITEMENT ! JE SUIS REVENU ICI POUR ORGANISER L'EXPÉDITION ! JE SERAI ASSISTÉ PAR SÉLIM BARAN, LE SPÉCIALISTE TURC EN ARCHÉOLOGIE SOUS-MARINE !
ME PERMETTREZ-VOUS DE VENIR VOIR DE TEMPS EN TEMPS ?
TS, TS, VOUS M'ENCOMBRERIEZ, MADEMOISELLE !
MAIS ?... DITES, JE N'AI JAMAIS PARLÉ DE CETTE TOMBE À ÂME QUI VIVE !... COMMENT POUVIEZ-VOUS CROIRE QUE JE NE RÉUSSIRAIS PAS !?...
TOK
OH ! J'AI DIT ÇA COMME ÇA POUR ...
!
ATTENTION !
8.
BOUM
F. Walthéry 76.

DITES, LACAN, VOUS AURIEZ DÛ VOIR QUE ÇA NE PASSAIT PAS ! IL FALLAIT DÉMONTER !...
BAH ! À PART CE VIEUX TRUC, IL N'Y A RIEN DE CASSÉ !
CE VIEUX TRUC ?! MISÉRABLE IMBÉCILE !! VOUS OSEZ ! DEHORS ! VOUS NE TRAVAILLEZ PLUS ICI !...
ÇA VA, VIEUX SCHNOK !...
CROIRIEZ-VOUS QU'ON PUISSE MONTRER UN TEL IRRESPECT POUR L'HÉRITAGE DU PASSÉ !?
JE CROIS QUE VOUS M'AVEZ SAUVÉ LA VIE, MADEMOISELLE !...
VOUS VOYEZ QU'UNE FEMME NE PORTE PAS TOUJOURS MALHEUR !
ET SI JE CONTINUAIS À VEILLER SUR VOUS PENDANT L'EXPÉDITION, LÀ-BAS ?...
VOUS ÊTES TENACE, VOUS !...
MAIS IL ARRIVE UN MOMENT OÙ IL DEVIENT MALSÉANT DE REFUSER !
NE VOUS EN FAITES PAS, PROFESSEUR, MON AMI WALTER ET MOI NE VIENDRONS PAS VOUS IMPORTUNER TOUT LE TEMPS !...
C'EST TRÈS BIEN ! NOUS PARTONS DANS DEUX JOURS !!
NOUS, NOUS VOUS REJOINDRONS DANS QUATRE OU CINQ JOURS; NOUS PARTONS EN TRAIN...
...ÇA NOUS CHANGERA DE L'AVION !!
PENDANT CE TEMPS...
5%
"RATÉ-STOP-ESSAYE ENCORE HÉ ! QUEL TEXTE BIZARRE !"
DITES DONC, MINETTE, ON VOUS PAIE POUR LES COMMENTER OU LES ENVOYER ?...
OH, BON !... GRMBLL... ET C'EST ADRESSÉ À MEKSINA, TURQUIE !
C'EST ÇA ! ÇA FAIT COMBIEN ?
...C'EST CETTE PETITE IDIOTE D'HÔTESSE DE L'AIR QUI A TOUT FLANQUÉ PAR TERRE !
BOSLY
P.T.T.
JOSS
TAX
SANS ELLE, JE RÉUSSISSAIS !... ET LE PROF QUI LUI PARLAIT... C'EST CURIEUX, LE VIEUX BOUC NE PEUT PLUS PIFFER LES BONNES FEMMES !?...
9.
f. Walthéry 76

LE SOIR,..
... VOUS DEVRIEZ ÊTRE HONTEUX, WALTER, BOIRE COMME ÇA !!
... Z'EST ... DE VOTRE FV... FVAUTE HIPS !
SALICO
HEUREUSEMENT QUE MADAME SRATSKA, VOTRE CONCIERGE, M'A TÉLÉPHONÉ ! VOUS ÉTIEZ INCAPABLE DE REMONTER CHEZ VOUS TOUT SEUL !!... MPF... ... ALLEZ !
WALTER !
JJ... JE V... VOUS Z... ZZAIMMME MADAMMME S... SRATSKAAA ! HIC !
ON RENTRE !
HIC JE VOUS ZZAAADORÉ ! HUPS
MONSIEUR WALTER, UN GARÇON SI CONVENABLE !
... ÇA SUFFIT, WALTER !
C'EST... V... V... VOUS... Q... QUI AAAAVEZ C... COMMENCÉ ! HIC !
KLAP
CLIFTON CHENIER
JE SAIS, ET JE ME SUIS DÉJÀ EXCUSÉE !! HALALAAA !
BOFOFRLT ! HIC ! BURP OH !
... UNE DOUCHE FROIDE LUI FERA DU BIEN !
... E ET... P... PUIS... L... LÂCHEZ-M... MOI... HIPS !
WALTER !!
OOOH OHOHOHO ! HO !
... J... J'AVAIS ENC... ENCORE OUBLI... É DE V... VIDER MA B... HIPS... BAIGNOIRE !...
HOUUUHOUU! HiiiHAHAHAA !
AH ! ÇA, C'EST TROP FORT !!
HA ! HOOUU ! Hi Hi !
SOUS LA DOUCHE !
HA ! HA ! HO ! HIC Hiiiiihi HIC HA ! HA !
10
f. Walthéry 76

HA! HAHAHA HOU HI!H HO!
TCHHHHHHHHH
HA! HAAAA!
...AAAAH! C'EST FROID, ASSEZ... ¡¡¡¡
DOUX JÉSUS! DES JEUNES GENS SI SÉRIEUX!!
ALORS, ÇA VA MIEUX? ... ...
PFRRRTL N...NATACHA! JE...OOOOH, MA TÊTE!!?
...NATACHA... QU...QUE FAITES-VOUS ICI?... OOOOOH! AÏE... ...MA TÊTE!... OOOH PFRRTLBL!
DANS CINQ JOURS, NOUS SOMMES EN TURQUIE, SUR LA CÔTE SUD; VOUS AVEZ JUSTE LE TEMPS DE FAIRE VOS VALISES!!...
HEIN!? QUOI? NON! ET NON! JE RESTE ICI!... OOOOH!
...DEUX JOURS PLUS TARD... EN FIN DE JOURNÉE...
OOHLALAAH, J'AI TOUJOURS MAL AU CRÂNE, MOI!...
...ET VOUS VERREZ, MON AMI JUSTIN ET LE PROF. KAREL SONT TRÈS SYMPATHIQUES ... ...
... ET LE PLUS RIGOLO, C'EST QUE LE PROFESSEUR NE S'EST PAS FÂCHÉ, PARCE QUE LA COLONNE A FAILLI LE TUER, MAIS PARCE QU'ELLE S'EST CASSÉE!
C'EST UN PUR!
ÇA ALORS !??
...MAIS?!...ON DIRAIT... ...MAIS OUI, IL N'Y A PAS DE DOUTE:... ELLE VA REJOINDRE L'EXPÉDITION!!... ...????...
LA 52... AH! VOILÀ.
ET LA MIENNE?...
C'EST ICI AUSSI! J'AI RÉSERVÉ UN PEU TARD. IL NE RESTAIT PLUS QUE CETTE PLACE!... C'EST UNE CHANCE!
MAIS?!!... ENFIN, NATACHA, ÇA NE SE FAIT PAS... JE...
OOOH! WALTER, ÇA VA, HEIN, VOUS AVEZ FAIT VOTRE SERVICE MILITAIRE, OUI OU NON?!?...
BOOOF... MAIS ÇA N'A AUCUN RAPPORT!!!...
POF
IL FAUT QUE J'EN SACHE PLUS SUR CES DEUX-LÀ!!
11.
F. Walthéry 76.

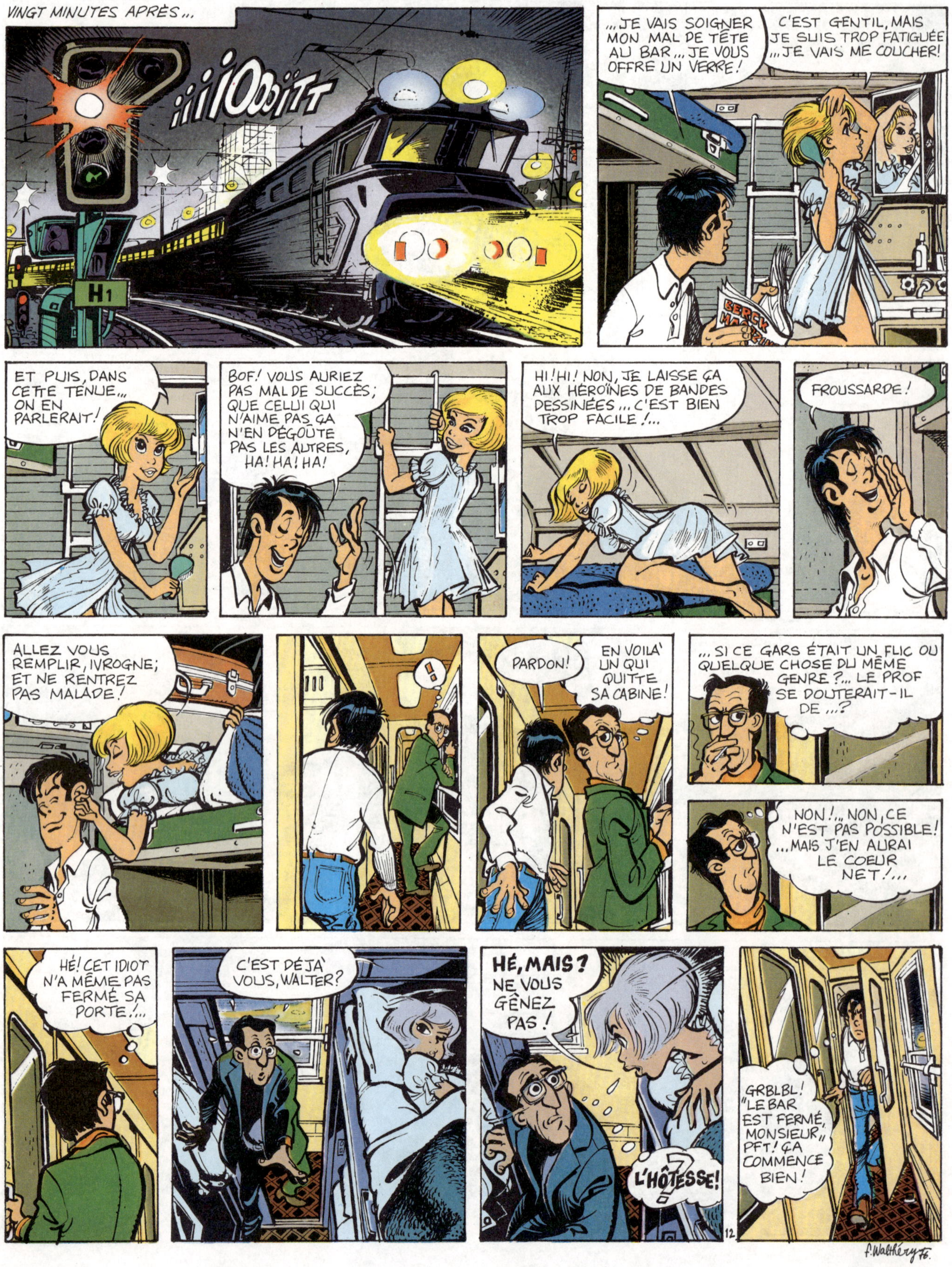
VINGT MINUTES APRÈS...
¡¡¡IOOOÏTT
...JE VAIS SOIGNER MON MAL DE TÊTE AU BAR... JE VOUS OFFRE UN VERRE!
C'EST GENTIL, MAIS JE SUIS TROP FATIGUÉE ...JE VAIS ME COUCHER!
ET PUIS, DANS CETTE TENUE... ON EN PARLERAIT!
BOF! VOUS AURIEZ PAS MAL DE SUCCÈS; QUE CELUI QUI N'AIME PAS ÇA N'EN DÉGOÛTE PAS LES AUTRES, HA! HA! HA!
HI! HI! NON, JE LAISSE ÇA AUX HÉROÏNES DE BANDES DESSINÉES... C'EST BIEN TROP FACILE!...
FROUSSARDE!
ALLEZ VOUS REMPLIR, IVROGNE; ET NE RENTREZ PAS MALADE!
!
PARDON!
EN VOILÀ UN QUI QUITTE SA CABINE!
...SI CE GARS ÉTAIT UN FLIC OU QUELQUE CHOSE DU MÊME GENRE?... LE PROF SE DOUTERAIT-IL DE...?
NON!... NON, CE N'EST PAS POSSIBLE! ...MAIS J'EN AURAI LE COEUR NET!...
HÉ! CET IDIOT N'A MÊME PAS FERMÉ SA PORTE!...
C'EST DÉJÀ VOUS, WALTER?
HÉ, MAIS? NE VOUS GÊNEZ PAS!
L'HÔTESSE!
GRBLBL! "LE BAR EST FERMÉ, MONSIEUR" PFT! ÇA COMMENCE BIEN!
12
F. Walthéry 76.

... MAIS ?!... MAIS... JE... VOUS ÊTES LE ...
HEU ... JE ... HEU...
AÏE! QUELLE GAFFE!... ILS DORMENT DANS LA MÊME CABINE! IL N'Y A PLUS DE MORALITÉ... COMMENT N'Y AS-TU PAS PENSÉ, CRÉTIN?
...L'HOMME DU MUSÉE!
DITES, VOUS ÊTES COMPLÈTEMENT SIPHONNÉE, VOUS!!
NON! IL Y A UN HOMME QUI EST ENTRÉ DANS NOTRE COMPARTIMENT!
ET C'EST LE TYPE QUI A PROVOQUÉ L'ACCIDENT AU MUSÉE!
?!
...IL A DISPARU, ÉVIDEMMENT!
ZUT! ÇA C'EST MALIN!... C'EST DE VOTRE FAUTE!!
OH! ÇA VA, HEIN! ALLEZ DORMIR, NATACHA!... VOUS DÉBLOQUEZ : CE GARS A DÛ SE TROMPER; TOUTES LES PORTES SE RESSEMBLENT DANS LES WAGONS-LITS!
...OUI! C'EST POSSIBLE, APRÈS TOUT, J'AI ÉTÉ TELLEMENT SURPRISE!...
MOI AUSSI : ON VIENT DE FERMER LE BAR! FOUTU TRAIN!
...ET LE RESTANT DU VOYAGE SE PASSE SANS INCIDENT......
STUTTGART
MÜNCHEN
SALZBURG
LJUBLJANA
ZAGREB
BEOGRAD
NIŠ
SOFIA
MAIS, NOM DE ...! QUAND VONT-ILS OUVRIR CE BAR?
JUSQU'À ISTANBUL...
F. Walthéry 76

CHOUETTE PETIT RESTAURANT, J'AI BIEN BOUFFÉ, MOI; ÇA REMONTE LE MORAL!
OUI, CE QU'ILS CUISINENT POUR EUX EST EXCELLENT! IL NE FAUT PAS MANGER DANS DES TRUCS POUR TOURISTES!...
TAXI?
KÖFTE
OTEL
TURK TICARET BANKASI
AHMET
BON! DEMAIN, ON PREND LE BUS DIRECT POUR IZMIR!... LE TRAIN RISQUE D'ÊTRE OMNIBUS SUR LES 600 KM DU VOYAGE!...
AH!
LE LENDEMAIN MATIN...
OUI, OUI! WALTER, C'EST LE PONT AU-DESSUS DU BOSPHORE... C'EST UN DES PLUS GRANDS ET DES PLUS HAUTS PONTS DU MONDE! C'EST UNE TRÈS BELLE RÉALISATION!... LES TURCS EN SONT FIERS, À JUSTE TITRE!...
......COMMENCE LA TRAVERSÉE D'UN PAYS FORMIDABLE, AVEC SON FOLKLORE ET SES TRADITIONS... ...
... L'HOMME SUR L'ÂNE, LA FEMME À PIED... CE PAYS ME PLAÎT!
STUPIDE ANIMAL!
OHLÀÀ!
OUI! ET VOUS N'AVEZ PAS VU LA YOUGOSLAVIE, CE N'EST PAS MAL NON PLUS!
...CE SERA VITE RÉGLÉ! LES BUS, ICI, EN TURQUIE, ONT PRATIQUEMENT LE DROIT DE VIE OU DE MORT SUR TOUT CE QUI SE TROUVE SUR LA ROUTE!... LES TOURISTES EN FONT SOUVENT LES FRAIS!
ÇA, CE N'EST PAS TRÈS GENTIL!...
...PAR CONTRE, LES FRUITS SONT SENSATIONNELS!
C'EST VRAI! MAIS SI VOUS AVEZ SOIF, NE BUVEZ SURTOUT PAS D'EAU... ...MÊME ALIMENTAIRE, C'EST PLUS PRUDENT, SINON VOUS RISQUEZ D'AVOIR DE GROS ENNUIS PENDANT TROIS OU QUATRE JOURS!...
OHO!!
PLUSIEURS HEURES APRÈS...
QUELLE CHALEUR!
IZMIR! TERMINUS! OUF!
QUELQUES TAXIS PLUS TARD... NATACHA ET WALTER ARRIVENT À MEKSINA, À L'HÔTEL DU PROFESSEUR KAREL...
AH! VOILÀ, LE PROF ET JUSTIN!
AAAH! LES VOILÀ!
MAIS?... CE N'EST PAS POSSIBLE?!?
AH!
OTEL LAGLU
48 AD 121
14.
f. Walthéry 76

...MAIS, NATACHA, JE LE CONNAIS, VOTRE COPAIN JUSTIN !!... HA ! HA !
C'EST UN VIEIL AMI QUE J'AI RENCONTRÉ PENDANT MON SERVICE MILITAIRE ! HA ! HA ! HA !!...
BEN !??
ÇA ALORS, C'EST TOI, LE WALTER DE NATACHA ??
PROFESSEUR KAREL, JE VOUS PRÉSENTE MON AMI WALTER !
ENCHANTÉ !
PROFESSEUR KAREL !
JE N'AVAIS JAMAIS FAIT LE RAPPROCHEMENT ! HA ! HA !
MOI NON PLUS, HA ! HA !
QU'Y A-T-IL, PROFESSEUR BARAN ?...
LE MATÉRIEL EST ENFIN ARRIVÉ, PRÊT À FONCTIONNER ; J'AI LOUÉ UN BATEAU AVEC UN ÉQUIPAGE ! NOUS POURRONS COMMENCER LES RECHERCHES QUAND VOUS VOUDREZ !
VIENS ! JE T'OFFRE UN POT !
...OUI, DIX ANS DÉJÀ ! IL S'EN EST PASSÉ DES CHOSES !... ON N'A PAS RIGOLÉ À LA MAISON ! J'AI PERDU MON PÈRE ! J'Y PENSE TOUT LE TEMPS...
MON PAUVRE VIEUX !
C'EST IDIOT, GARS, MAIS C'EST POUR MA MÈRE QUE JE ME TRACASSE...
IL N'Y A PAS DE HONTE !!... POUR MOI, C'EST MOINS GRAVE : MA FEMME M'A QUITTÉ EN EMPORTANT TOUS LES MEUBLES...
NON ?!!
MAIS JE M'EN FICHE ; JE N'AIMAIS PAS CES MEUBLES-LÀ !
COMME JE SAIS QUE CELA VOUS INTÉRESSE, MADEMOISELLE NATACHA, JE VAIS VOUS MONTRER LES TROIS CROIX !...
C'EST GENTIL, PROFESSEUR !
C'EST HAUT !
ON Y EST PRESQUE ; VOILÀ MON REPÈRE, LA GROTTE EST LÀ-BAS !!
LES VOICI !
INMANUS TUAS DOMINE
ET À PARTIR DE CETTE CROIX, DANS CETTE DIRECTION, À 800 MÈTRES, SE TROUVE LE SÉPULCRE DE SAINT MATHIAS !
ET MON AMI SÉLIM VIENT DE TERMINER LE TRAVAIL DE REPÉRAGE !...
VENEZ VOIR !
15
F. Walthéry 76

C'EST ENTRE CES QUATRE BALISES, LÀ-BAS, QUE NOUS DEVRONS CHERCHER !
IL Y A BIEN VINGT-SIX MÈTRES DE FOND !
TOUT JUSTE !... ET UN PETIT ENNUI : L'ÉPAVE D'UN SOUS-MARIN ALLEMAND COULÉ PENDANT LA GUERRE QUI REPOSE DANS LE QUADRILATÈRE ! JE PRIE LE CIEL QU'IL NE RECOUVRE PAS LA TOMBE !...
NOUS COMMENÇONS LES RECHERCHES DEMAIN !
LE LENDEMAIN... ...
C'EST DANGEREUX DE S'EXPOSER COMME ÇA AU SOLEIL !!...
MH !
... À PEINE SUR LES PLAGES, LES FEMMES, ÇA NE PENSE QU'À SE FAIRE BRONZER... PFT !
VOUS ÊTES UN SOT !
CESSEZ DE LIRE ET VENEZ VOUS BAIGNER !...
NON ! JE NE METS PAS LES PIEDS LÀ-DEDANS, C'EST PLEIN DE MAZOUT !
HOP !
HÉ !
RENDEZ-MOI ÇA !
ESPÈCE D'IDIOTE !
HI ! HI ! HI ! HI !
POUAH !
OH ! REGARDEZ, WALTER !! LE BATEAU ! ILS ONT COMMENCÉ LES RECHERCHES !
16
F. Walthéry 76

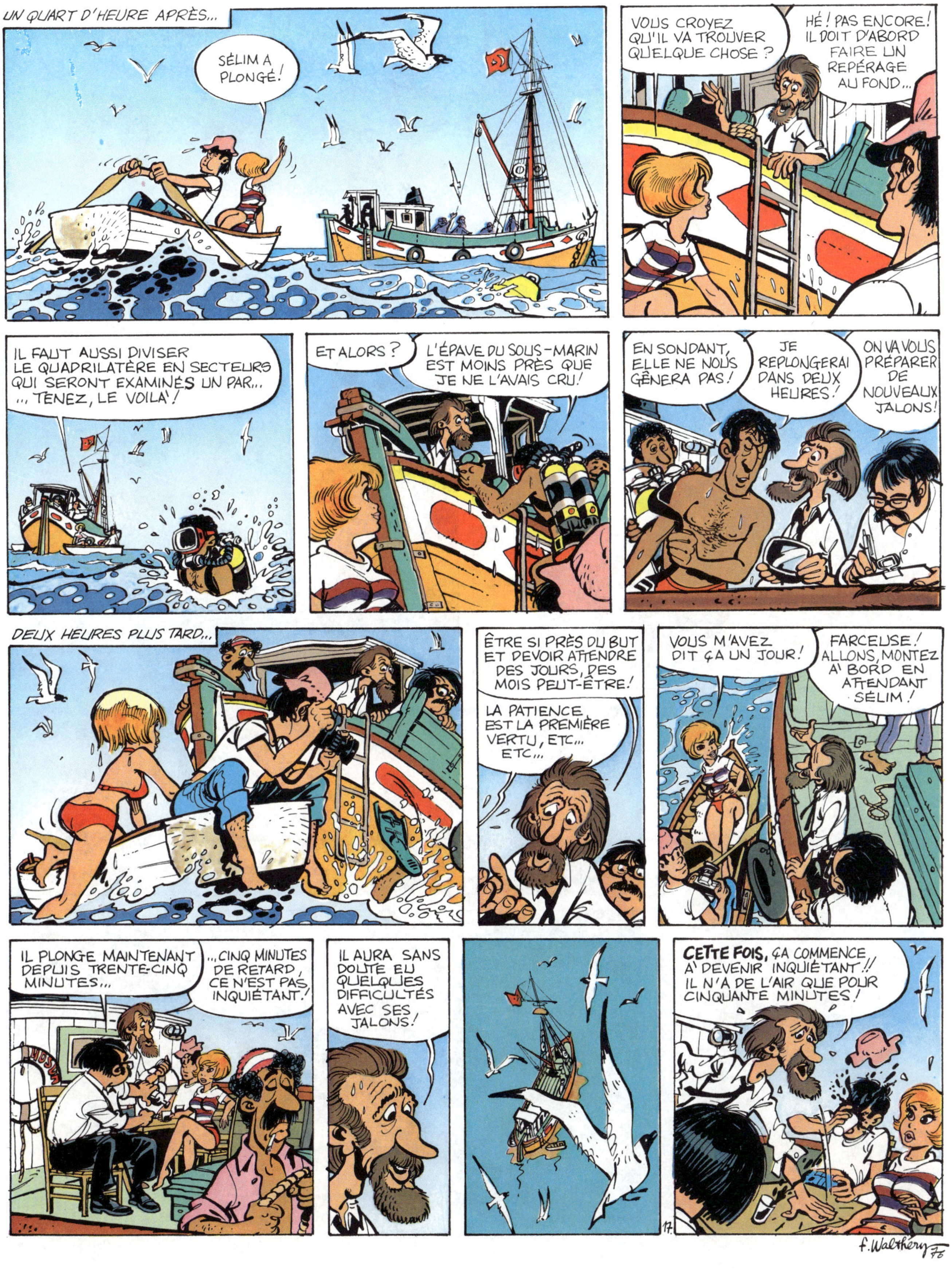
UN QUART D'HEURE APRÈS...
SÉLIM A PLONGÉ!
VOUS CROYEZ QU'IL VA TROUVER QUELQUE CHOSE?
HÉ! PAS ENCORE! IL DOIT D'ABORD FAIRE UN REPÉRAGE AU FOND...
IL FAUT AUSSI DIVISER LE QUADRILATÈRE EN SECTEURS QUI SERONT EXAMINÉS UN PAR... ... TENEZ, LE VOILÀ!
ET ALORS?
L'ÉPAVE DU SOUS-MARIN EST MOINS PRÈS QUE JE NE L'AVAIS CRU!
EN SONDANT, ELLE NE NOUS GÊNERA PAS!
JE REPLONGERAI DANS DEUX HEURES!
ON VA VOUS PRÉPARER DE NOUVEAUX JALONS!
DEUX HEURES PLUS TARD...
ÊTRE SI PRÈS DU BUT ET DEVOIR ATTENDRE DES JOURS, DES MOIS PEUT-ÊTRE!
LA PATIENCE EST LA PREMIÈRE VERTU, ETC... ETC...
VOUS M'AVEZ DIT ÇA UN JOUR!
FARCEUSE! ALLONS, MONTEZ À BORD EN ATTENDANT SÉLIM!
IL PLONGE MAINTENANT DEPUIS TRENTE-CINQ MINUTES...
...CINQ MINUTES DE RETARD, CE N'EST PAS INQUIÉTANT!
IL AURA SANS DOUTE EU QUELQUES DIFFICULTÉS AVEC SES JALONS!
CETTE FOIS, ÇA COMMENCE À DEVENIR INQUIÉTANT!! IL N'A DE L'AIR QUE POUR CINQUANTE MINUTES!
17.
F. Walthéry 76

A' L'HEURE QU'IL EST, SES BOUTEILLES SONT VIDES! IL A DÛ SE PASSER QUELQUE CHOSE...
J'Y VAIS! ALLEZ ME CHERCHER UN ÉQUIPEMENT!
M... MAIS, NATACHA?!
JE FERAI CE QUE JE POURRAI!
...NE RESTEZ PAS PLUS DE VINGT MINUTES SANS DONNER SIGNE DE VIE!... ET PRUDENCE!...
YOSUN
POURVU QUE JE LE TROUVE!!
HÉ!
!
LE SOUS-MARIN!!
18
f. Walthéry 78

JE VAIS SUIVRE LA TRACE DE SES REPÈRES !...
MON DIEU !
PEU APRÈS...
JE LUI AI FAIT RENDRE L'EAU, MAIS SON POULS EST TRÈS BAS !
IL FAUT REGAGNER MEKSINA EN VITESSE ! UN MÉDECIN ET UNE CHAMBRE DE DÉCOMPRESSION SONT SA SEULE CHANCE ! NOUS TROUVERONS ÇA À LA BASE NAVALE !
QUI AURAIT PU CROIRE QUE LES COLLIERS D'ATTACHE DES TUYAUX ALLAIENT CÉDER ?
ILS N'ONT PAS CÉDÉ ! CE TUYAU A ÉTÉ COUPÉ !
QUOI ?
REGARDEZ !... IL A FALLU UNE LAME POUR LE TRANCHER AUSSI NETTEMENT !
19.
F. Walthéry 76

LE SOIR A' MEKSINA... ...
LA CONVALESCENCE DE SÉLIM SERA LONGUE! LE CHOC A' ÉTÉ TERRIBLE!
VOUS ÊTES TOUJOURS PERSUADÉ QU'ILS SAGIT D'UN ACCIDENT ?
NATURELLEMENT! QUE VOULEZ-VOUS QUE CE SOIT?
PRIMO: SÉLIM CONNAÎT SON MÉTIER!... SECUNDO: ESSAYEZ UN PEU DE TRANCHER ACCIDENTELLEMENT UN TUYAU PRÈS DE LA SOUPAPE D'ADMISSION!!
C'EST LA SEULE EXPLICATION POSSIBLE, IL N'Y AVAIT PERSONNE A' PROXIMITÉ DU BATEAU!
OUI, ÉVIDEMMENT, JE SUPPOSE QUE LES RECHERCHES SONT SUSPENDUES?
OUI!! OUI, OUI! ... ET C'EST UN CONTRETEMPS QUI VA ME COÛTER BEAUCOUP D'ARGENT, MADEMOISELLE!
PLUS TARD... ...
PFF! CE N'EST PAS CLAIR!
JE CROIS QUE JE REPLONGERAI DEMAIN! JE DÉTESTE VOIR UN PROBLÈME SANS SOLUTION SATISFAISANTE! ET VOUS?
HEIN!?... OH! MOI, LES MATHS!
LE LENDEMAIN... ...
YOSUN
BON! J'Y VAIS!
AÏE!
DRAANK
UN HARPON!
IL EST SORTI DE L'EAU!!?
NATACHA?!! ... MAIS!!?
NATACHA! NOM DE D...!
20
f. Walthéry

CETTE SÉQUENCE EN HOMMAGE À ANDRÉ FRANQUIN.

IMBÉCILE ! TU NE COMPRENDS PAS QU'APRÈS LE COUP DU HARPON, ILS SAURONT OÙ CHERCHER ?!
L'HOMME DU MUSÉE !!
OH ! ÇA VA, BOBONNE !
MOI, QUAND JE COMMENCE UN BOULOT, JE LE FINIS !... ...
MAL ! PARCE QUE SÉLIM, C'EST ENCORE UNE ROYALE IDIOTIE !... IL FALLAIT ARRACHER SON TUYAU ! PAS LE COUPER !
C'EST ÇA ! ET IL ALLAIT ME LAISSER FAIRE ET ME DIRE MERCI APRÈS !!
D'AILLEURS, J'ÉTAIS CONTRE LES MOYENS EXTRÊMES ! TU NOUS AS MIS DANS DE SALES DRAPS !!...
AH ! TU ME FAIS MARRER, TOI ! QUI M'A EMBARQUÉ DANS CETTE HISTOIRE ? QUI M'A FAIT TRANSBAHUTER L'INSTALLATION DE CE CAISSON PNEUMATIQUE ? QUI M'A DIT D'EMPÊCHER LE VIEUX BUFFALO BILL DE VENIR FOUINER ICI, HEIN, QUI ?...
ET LE FRIC QUE ÇA DEVAIT ME RAPPORTER, PARDON, MAIS IL N'ARRIVE PAS SOUVENT !
JE N'AI PAS ENCORE TROUVÉ LA TOMBE, ET JE NE LA TROUVERAI PAS, PARCE QUE, À CAUSE DE TES IDIOTIES, NOUS ALLONS DEVOIR FILER EN VITESSE !!?... CRÉTIN !
C'EST À MOI QUE TU PARLES COMME ÇA, TRIPLE BUSE ?!
NON ! C'EST À NAPOLÉON III, ET JE NE SAIS CE QUI ME RETIENT DE...
HÉ LÀ !
DU CALME, MA FILLE, DU CALME !
IL Y A DEUX SEMAINES QUE TU ES ICI ! TU N'ES ALLÉE QUE DEUX FOIS À TERRE, ET PAR LA FALAISE ENCORE ! L'AIR COMPRIMÉ ET LE DÉCOR TE TAPENT SUR LE SYSTÈME ! J'AI LA TÊTE PRÈS DU BONNET, MAIS JE PEUX ENCORE COMPRENDRE ÇA !...
...MH ! POUR UNE FOIS, TU AS RAISON ! FAUT PAS S'ÉNERVER, PARCE QU'ON VA AVOIR BESOIN DE TOUT NOTRE SANG-FROID !...
C'EST AUSSI MON AVIS !
SEULE, JE NE PEUX RIEN FAIRE ; MAIS J'AI UNE IDÉE !
MIEUX VAUT RETOURNER AU BATEAU !
22
F. Walthéry 76

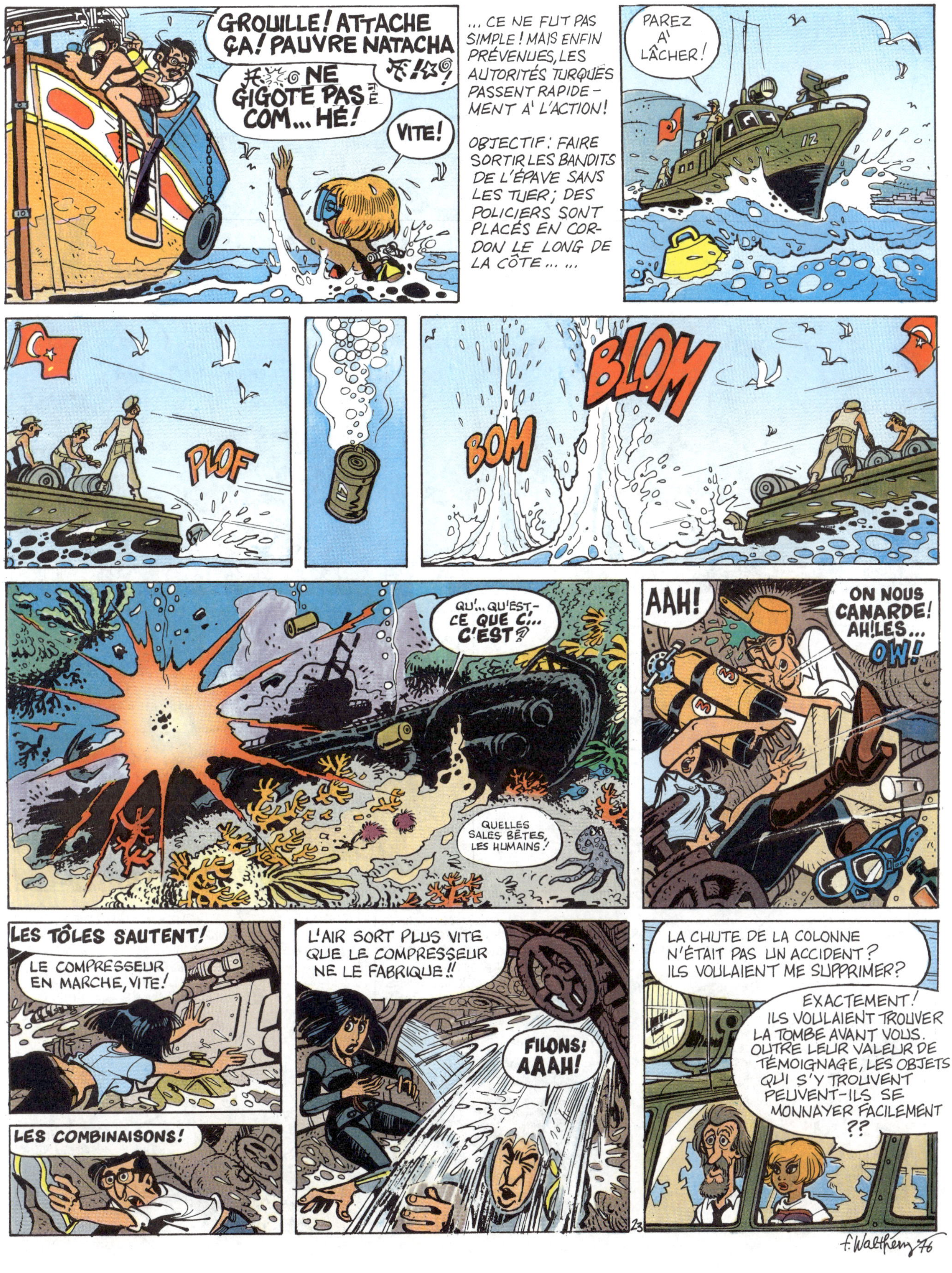
GROUILLE! ATTACHE ÇA! PAUVRE NATACHA
NE GIGOTE PAS COM... HÉ!
VITE!
... CE NE FUT PAS SIMPLE! MAIS ENFIN PRÉVENUES, LES AUTORITÉS TURQUES PASSENT RAPIDEMENT À L'ACTION!
OBJECTIF: FAIRE SORTIR LES BANDITS DE L'ÉPAVE SANS LES TUER; DES POLICIERS SONT PLACÉS EN CORDON LE LONG DE LA CÔTE... ...
PAREZ À LÂCHER!
PLOF
BOM
BLOM
QU'... QU'EST-CE QUE C'... C'EST?
QUELLES SALES BÊTES, LES HUMAINS!
AAH!
ON NOUS CANARDE! AH! LES... OW!
LES TÔLES SAUTENT!
LE COMPRESSEUR EN MARCHE, VITE!
LES COMBINAISONS!
L'AIR SORT PLUS VITE QUE LE COMPRESSEUR NE LE FABRIQUE!!
FILONS! AAAH!
LA CHUTE DE LA COLONNE N'ÉTAIT PAS UN ACCIDENT? ILS VOULAIENT ME SUPPRIMER?
EXACTEMENT! ILS VOULAIENT TROUVER LA TOMBE AVANT VOUS. OUTRE LEUR VALEUR DE TÉMOIGNAGE, LES OBJETS QUI S'Y TROUVENT PEUVENT-ILS SE MONNAYER FACILEMENT ??
23
f. Walthéry 76

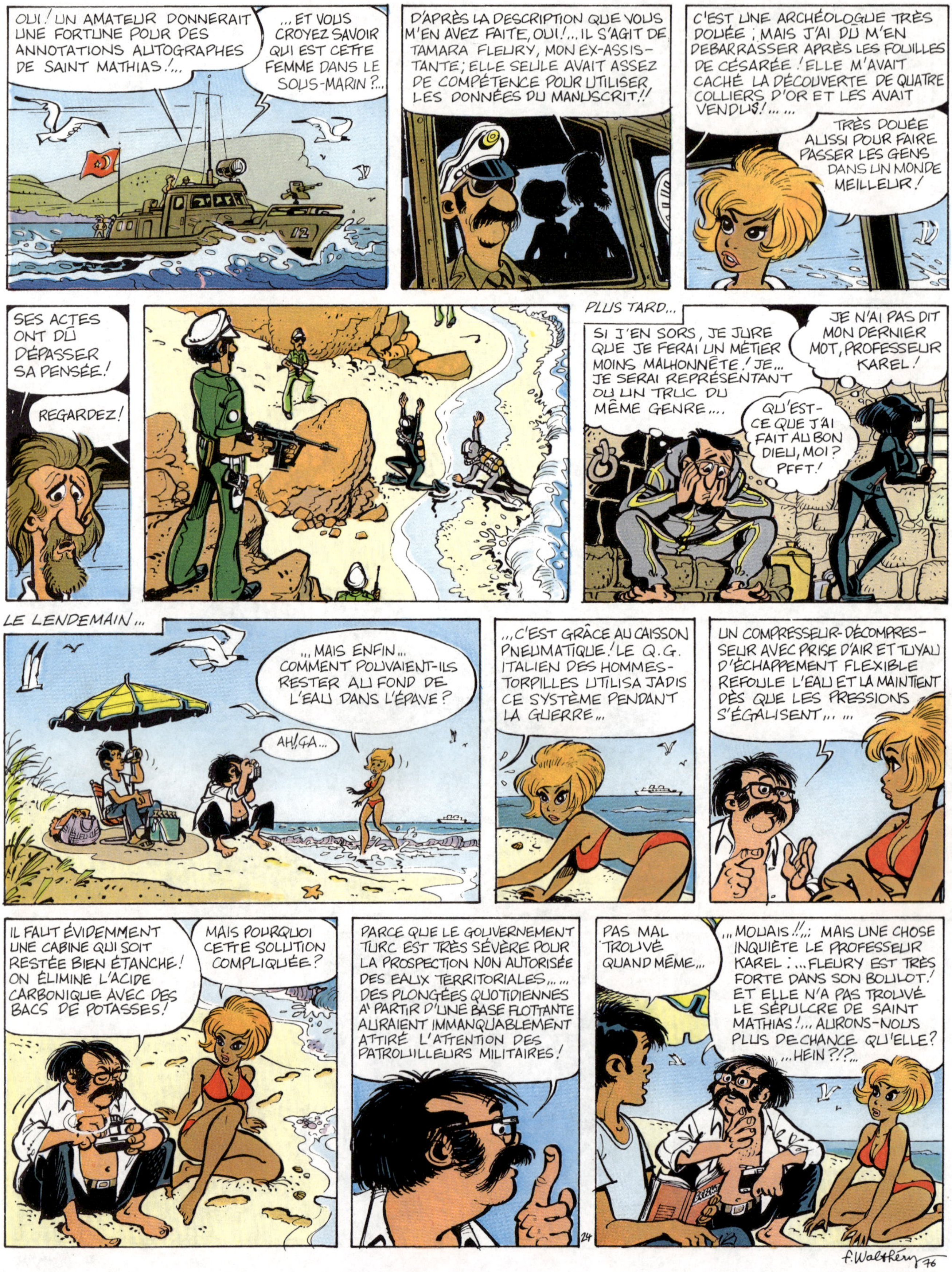
OUI ! UN AMATEUR DONNERAIT UNE FORTUNE POUR DES ANNOTATIONS AUTOGRAPHES DE SAINT MATHIAS !...
... ET VOUS CROYEZ SAVOIR QUI EST CETTE FEMME DANS LE SOUS-MARIN ?...
D'APRÈS LA DESCRIPTION QUE VOUS M'EN AVEZ FAITE, OUI !... IL S'AGIT DE TAMARA FLEURY, MON EX-ASSISTANTE ; ELLE SEULE AVAIT ASSEZ DE COMPÉTENCE POUR UTILISER LES DONNÉES DU MANUSCRIT !!
C'EST UNE ARCHÉOLOGUE TRÈS DOUÉE ; MAIS J'AI DÛ M'EN DÉBARRASSER APRÈS LES FOUILLES DE CÉSARÉE ! ELLE M'AVAIT CACHÉ LA DÉCOUVERTE DE QUATRE COLLIERS D'OR ET LES AVAIT VENDUS !... ...
TRÈS DOUÉE AUSSI POUR FAIRE PASSER LES GENS DANS UN MONDE MEILLEUR !
SES ACTES ONT DÛ DÉPASSER SA PENSÉE !
REGARDEZ !
PLUS TARD...
SI J'EN SORS, JE JURE QUE JE FERAI UN MÉTIER MOINS MALHONNÊTE ! JE... JE SERAI REPRÉSENTANT OU UN TRUC DU MÊME GENRE....
JE N'AI PAS DIT MON DERNIER MOT, PROFESSEUR KAREL !
QU'EST-CE QUE J'AI FAIT AU BON DIEU, MOI ? PFFT !
LE LENDEMAIN...
... MAIS ENFIN... COMMENT POUVAIENT-ILS RESTER AU FOND DE L'EAU DANS L'ÉPAVE ?
AH ! ÇA...
... C'EST GRÂCE AU CAISSON PNEUMATIQUE ! LE Q.G. ITALIEN DES HOMMES-TORPILLES UTILISA JADIS CE SYSTÈME PENDANT LA GUERRE...
UN COMPRESSEUR-DÉCOMPRESSEUR AVEC PRISE D'AIR ET TUYAU D'ÉCHAPPEMENT FLEXIBLE REFOULE L'EAU ET LA MAINTIENT DÈS QUE LES PRESSIONS S'ÉGALISENT... ...
IL FAUT ÉVIDEMMENT UNE CABINE QUI SOIT RESTÉE BIEN ÉTANCHE ! ON ÉLIMINE L'ACIDE CARBONIQUE AVEC DES BACS DE POTASSES !
MAIS POURQUOI CETTE SOLUTION COMPLIQUÉE ?
PARCE QUE LE GOUVERNEMENT TURC EST TRÈS SÉVÈRE POUR LA PROSPECTION NON AUTORISÉE DES EAUX TERRITORIALES... ... DES PLONGÉES QUOTIDIENNES À PARTIR D'UNE BASE FLOTTANTE AURAIENT IMMANQUABLEMENT ATTIRÉ L'ATTENTION DES PATROUILLEURS MILITAIRES !
PAS MAL TROUVÉ QUAND MÊME...
... MOUAIS !!... MAIS UNE CHOSE INQUIÈTE LE PROFESSEUR KAREL : ... FLEURY EST TRÈS FORTE DANS SON BOULOT ! ET ELLE N'A PAS TROUVÉ LE SÉPULCRE DE SAINT MATHIAS !... AURONS-NOUS PLUS DE CHANCE QU'ELLE ? ... HEIN ?!?...
f. Walthéry 76

DIX JOURS APRÈS, SÉLIM ÉTANT RÉTABLI, LES RECHERCHES DU PROFESSEUR KAREL ONT REPRIS...
NATACHA... SAVEZ-VOUS POURQUOI LES FEMMES TURQUES MARCHENT EN ZIGZAG ?...
?? EUH... NON ?
...PARCE QU'ELLES SONT VOILÉES !!
OOOH, WALTER !!
...D'ABORD ELLES NE SONT PLUS TOUTES VOILÉES,...ET PUIS C'EST UNE VIEILLE BLAGUE !...
BOAH ! LES FILLES NE SAVENT PAS RIGOLER !
LE DERNIER SECTEUR EST EXAMINÉ......JE N'AI RIEN TROUVÉ !... C'EST DÉCOURAGEANT !
NOM D'UNE PIPE ! CE TOMBEAU DOIT ÊTRE QUELQUE PART ?!?
?
JE VAIS VÉRIFIER MES CALCULS !
VOUS AVEZ DÉJÀ VÉRIFIÉ DEUX FOIS MES BALISES, ET CHAQUE FOIS, VOS RÉSULTATS CONCORDAIENT AVEC LES MIENS !
JE VEUX TROUVER CE TOMBEAU !... VOUS N'ÊTES PAS TROP FATIGUÉ ?
UN PEU, MAIS ÇA IRA ENCORE !!
JE N'ABANDONNE PAS !!...
J'AI DÉJÀ DU MAL À RETROUVER MON SAVON AU FOND DE MA BAIGNOIRE, ALORS UN TOMBEAU AU FOND DE LA MER, TU RIGOLES !
HÉ, TU N'ES PAS SAVONOLOGUE !
PFT ! TOI, C'EST CRÉTINOLOGUE QUE TU ES... DE TA MOUSTACHE À TES SOULIERS, TU AS UN CHAMP DE RECHERCHE INÉPUISABLE !
TRÈS FIN !
REGARDEZ !
VOILÀ ENCORE LES FUMEROLLES !
QU'EST-CE QUE C'EST ?
25
F. Walthéry 76

YOSUM
C'EST UN PHÉNOMÈNE D'ORIGINE VOLCANIQUE !
... NOUS SOMMES SUR UNE ZONE DE RUPTURE ! LA TERRE SE FEND D'APRÈS DES LIGNES PRÉCISES DÉTERMINÉES PAR L'ÉPAISSEUR DE LA CROÛTE TERRESTRE !
L'UNE D'ELLES PASSE ICI, CE QUI EXPLIQUE LES TREMBLEMENTS DE TERRE QUI BOULEVERSENT CETTE RÉGION !
COMME IL N'Y A PAS DE TREMBLEMENTS DE MER, ON EST TRANQUILLE !! ...
MAIS PAS DU TOUT ! LA FORCE ÉRUPTIVE AGIT AUSSI BIEN SUR LE SOL SOUS-MARIN QUE SUR LA TERRE LIBRE ! ... CES FUMEROLLES, QUI SONT DE LA VAPEUR D'EAU, INDIQUENT QUE DES GAZ À TEMPÉRATURE ÉLEVÉE FUSENT AU FOND ET QU'IL Y A UN REGAIN D'ACTIVITÉ VOLCANIQUE ! ...
OUI ! ET ON A VU, LORS DE TREMBLEMENTS DE TERRE, DES BATEAUX ENGLOUTIS OU TRANSPORTÉS À DES KILOMÈTRES À L'INTÉRIEUR DES TERRES PAR UN RAZ DE MARÉE GIGANTESQUE !
EH, OUI !
ÇA SUFFIT, HEIN ! ... VOUS VOUDRIEZ ME FLANQUER LA FROUSSE QUE VOUS N'AGIRIEZ PAS AUTREMENT !!
QU'AVEZ-VOUS ?
J'EN AI MARRE ! JE NE VEUX PLUS VOIR CES DAMNÉES FUMEROLLES !!
OH ! ÇA ... CE N'EST RIEN QU'UN PEU D'ACTIVITÉ VOLCANIQUE !
OUAIS ! ON DIT ÇA !! ET ON SE RETROUVE À DES KILOMÈTRES À L'INTÉRIEUR DES TERRES À REGARDER LES PISSENLITS POUSSER PAR LA RACINE !! SI QUOI QUE CE SOIT TREMBLE ICI, NE COMPTEZ PLUS SUR MOI !
NOUS LUI AVONS FAIT UN PETIT COURS DE GÉOLOGIE !
JE M'EN SUIS APERÇU !
NOUS AVONS DÉCIDÉ D'AJOUTER UNE BANDE DE VINGT MÈTRES AUTOUR DU QUADRILATÈRE BALISÉ ! ...
SÉLIM L'EXPLORERA DEMAIN ! POUR GAGNER DU TEMPS, NOUS PASSERONS LA NUIT ICI ! ... IL NOUS FAUDRA DES PROVISIONS ...
AH ! ON VA ALLER EN CHERCHER ! ÇA CHANGERA LES IDÉES DE WALTER !
COMME VOUS VOUDREZ !
26
F. Walthéry 76

...4 KILOS DE TOMATES, 3 GROS PAINS, 7 CÔTES DE MOUTON, DES PÊCHES, DES MELONS...
...JE VIENS D'APPRENDRE PAR LA RADIO QU'IL Y A ENCORE DEUX GRANDS MUSICIENS DE JAZZ...
AH!
...QUI SONT DECÉDÉS CE DERNIERS TEMPS...
TU SAIS, MOI JE N'Y CONNAIS PAS GRAND-CHOSE...
...OUI MAIS, TOI, TU ES UN INCULTE! C'EST PAS PERMIS DE NE...
HM... JUSTIN, SAIS-TU POURQUOI LES FEMMES TURQUES PORTENT LE VOILE?
OH! ZUT!
HO! HO! ELLE S'EST TROMPÉE! ELLE S'EST TROM-PÉ-E!! C'EST BIEN FAIT! HA! HA! HA! HA!
...JE NE COMPRENDS PAS!?
OH! CE N'EST RIEN! GRMBL!!
HA! HA! HA! C'EST RARE, LES FILLES QUI SAVENT RACONTER UNE BLAGUE!...
?
TU ES FOU DE PRENDRE TON VESTON PAR CETTE CHALEUR!
...JE SAIS, C'EST UNE VIEILLE HABITUDE! QUAND JE...
HOP!
ATTENTION!
F. Walthéry 77.

VROOAM
48 AD558
BANKAS!
ESPÈCE DE TUEUR! QUAND EST-CE QU'ON LEUR APPRENDRA À CONDUIRE À CES IMBÉCILES!!
DIEU, QUE J'AI EU PEUR! PFFFT! BON... ALLONS-Y!
ÜLKER
linda
...IL Y A LONGTEMPS QUE J'AI ENVIE D'UN TRUC COMME ÇA!
UN FEZ!
... EXACT, ET ON NE LE PORTE PLUS DEPUIS PLUS DE TRENTE ANS! LA LOI EN INTERDIT LE PORT EN TURQUIE! MAIS COMME JE NE SUIS PAS TURC...
HI! HI! TU AS LA TÊTE DE L'EMPLOI!
JE SUIS SUBLIME!!
HA! HA!
N'OUBLIONS QUAND MÊME PAS LES PROVISIONS!
f. Walthéry 77

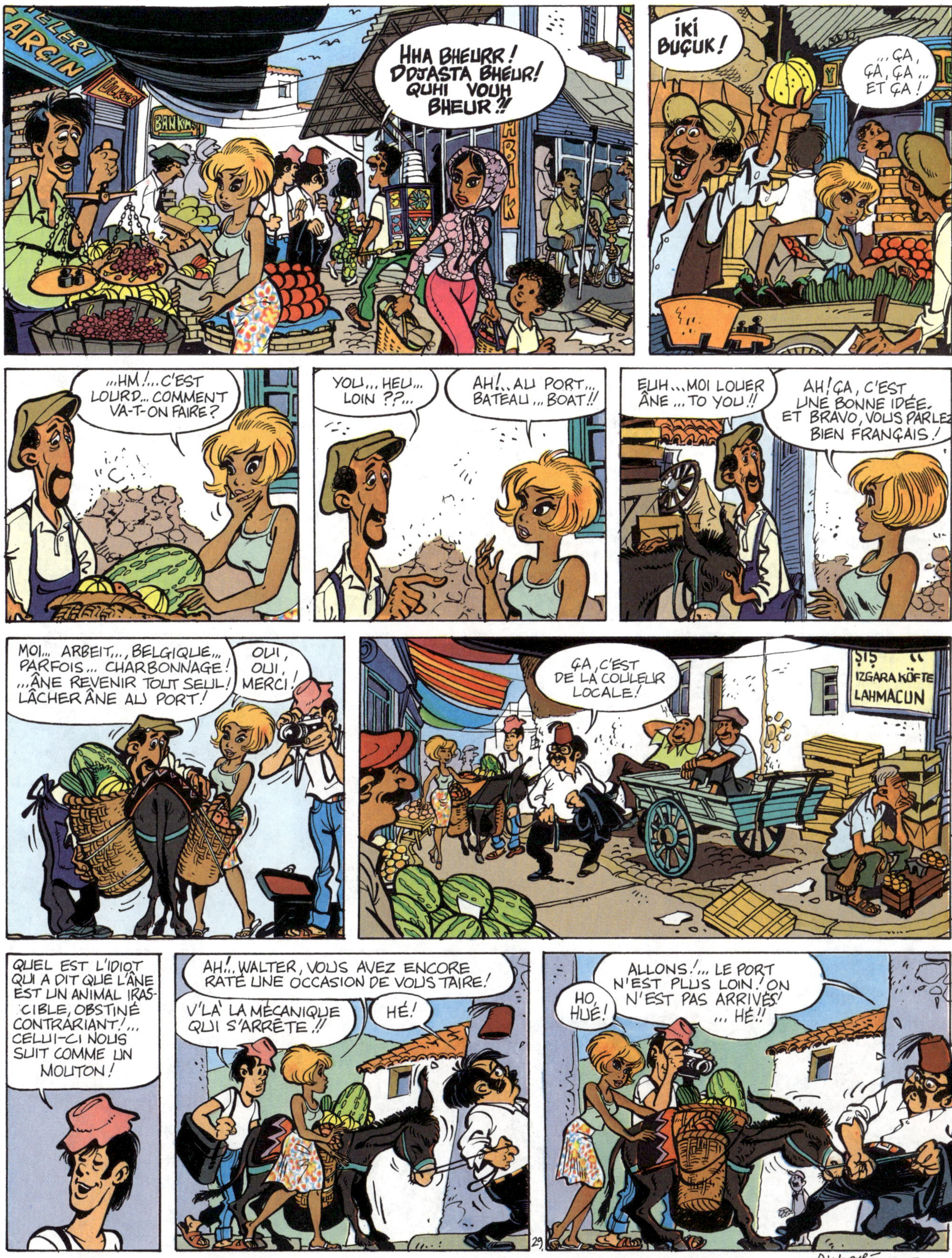
HHA BHEURR! DDJASTA BHEUR! QUHI VOUH BHEUR!!!
IKI BUÇUK!
...ÇA, ÇA, ÇA... ET ÇA!
...HM!... C'EST LOURD... COMMENT VA-T-ON FAIRE?
YOU... HEU... LOIN ??...
AH!... AU PORT... BATEAU... BOAT!!
EUH... MOI LOUER ÂNE... TO YOU!!
AH! ÇA, C'EST UNE BONNE IDÉE. ET BRAVO, VOUS PARLEZ BIEN FRANÇAIS!
MOI... ARBEIT... BELGIQUE... PARFOIS... CHARBONNAGE! ...ÂNE REVENIR TOUT SEUL! LÂCHER ÂNE AU PORT!
OUI, OUI, MERCI!
ÇA, C'EST DE LA COULEUR LOCALE!
ŞIŞ IZGARA KÖFTE LAHMACUN
QUEL EST L'IDIOT QUI A DIT QUE L'ÂNE EST UN ANIMAL IRASCIBLE, OBSTINÉ CONTRARIANT!... CELUI-CI NOUS SUIT COMME UN MOUTON!
AH!.. WALTER, VOUS AVEZ ENCORE RATÉ UNE OCCASION DE VOUS TAIRE!
V'LÀ LA MÉCANIQUE QUI S'ARRÊTE!!
HÉ!
HO, HUÉ!
ALLONS!... LE PORT N'EST PLUS LOIN! ON N'EST PAS ARRIVÉS! ... HÉ!!
F. Walthéry 77

ENFIN, WALTER, AIDEZ-NOUS!
ALLÉ, HOP!
MPF!
PFFT... ÉCOUTE, EST-CE QUE C'EST... PFFT... CETTE RUE QUI NE TE PLAÎT PAS?... PFT... VEUX-TU QU'ON EN PRENNE UNE AUTRE?
HMGN!... IL EST ENCORE PLUS TÊTU QUE VOUS, WALTER!...
HÉ! MOI... FAIRE MARCHER ÂNE!
JE VOUS DÉFENDS DE FRAPPER CETTE BÊTE!
... MOI POUVOIR FAIRE MARCHER ÂNE... VINGT ANNÉES CONDUIRE ÂNES!
ALORS, APPRENEZ À VOUS CONDUIRE VOUS-MÊME!
FEMMES SE TAIRE, FILLE DE CHÈVRE!
NON MAIS... GROS BOUC!
AÏE! NON! NATACHA!
BAF
BOUHÈLHANÈTE!
KLOPS
HÉ LÀ!
AÏE! QU'AVEZ-VOUS FAIT? ON VA LES AVOIR TOUS SUR LE RÂBLE!...
MESSIEURS, DU CALME... MESSIEURS, JE... JE... VAIS VOUS EXPLIQUER... JE... C'EST UN AFFREUX MALENTENDU... JE...
SÈH MHÔNSEÏ BHIÈSH HONBOUHI SOMEH HANÈTÈMPEHPÈTH!
F. Walthéry 77.

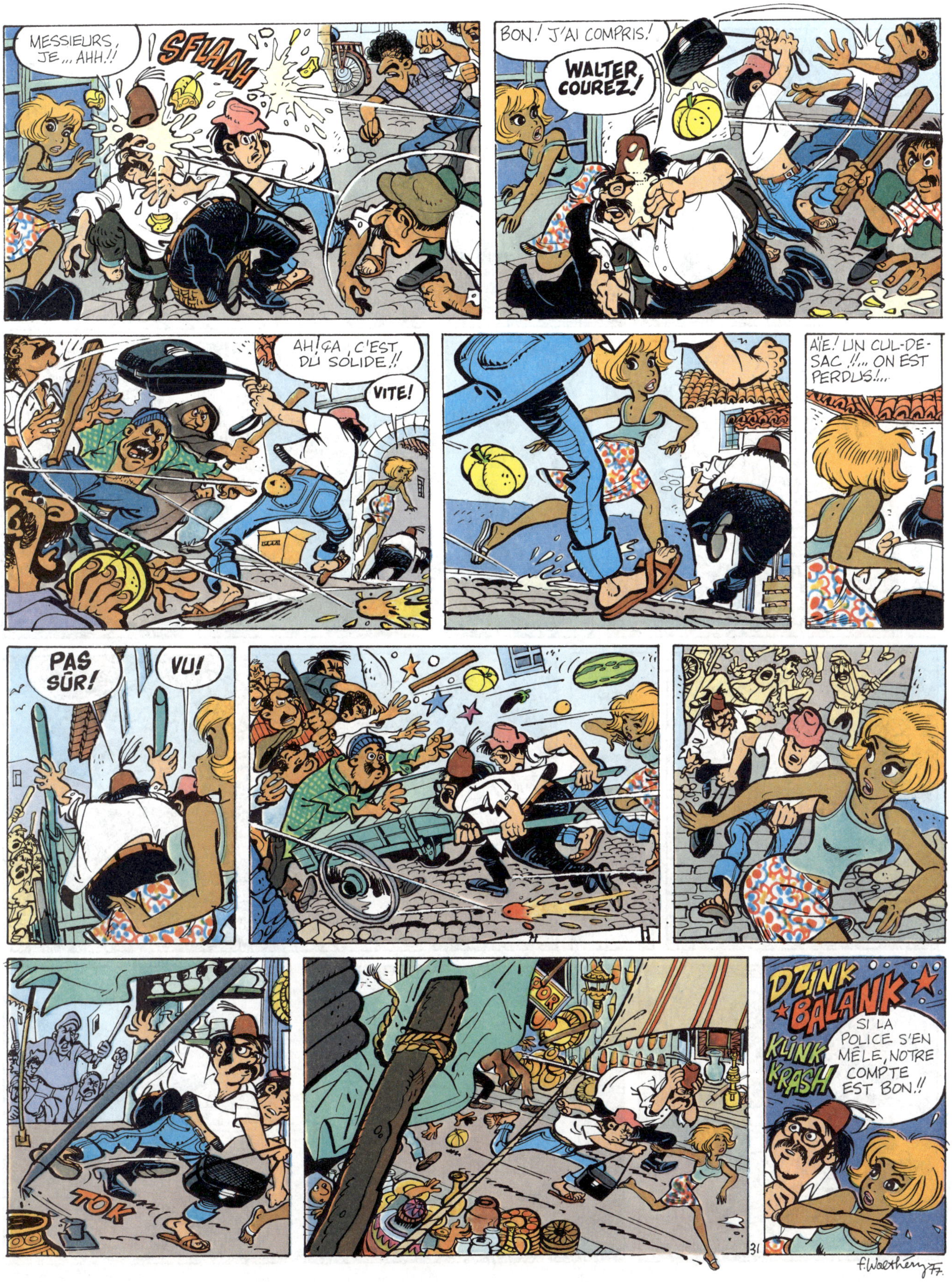
MESSIEURS, JE ... AHH !!
SFLAAAH
BON ! J'AI COMPRIS !
WALTER COUREZ !
AH ! ÇA, C'EST DU SOLIDE !!
VITE !
AÏE ! UN CUL-DE-SAC !!... ON EST PERDUS !...
PAS SÛR !
VU !
TOK
DZINK BALANK
KLINK KRASH
SI LA POLICE S'EN MÊLE, NOTRE COMPTE EST BON !!
f. Walthéry 77.

ILS VEULENT NOTRE PEAU !!
PFF... ET ON... ON N'A QUE CELLE-LÀ !
HÉ !
!
TOUT ÇA POUR VOS NOISETTES !
COMPRIS !
1000L
?
LES TOURISTES SONT FOUS, CETTE ANNÉE !
UGUZLUK
PAR LES TOITS ! ON VA LES SEMER !
COURAGE, ON N'EST PLUS LOIN DU PORT !!
F. Walthéry 77

Hidayet
ÇA VA ! ILS NE SONT PAS LÀ !!
AAH !
JUSTIN ! OÙ VAS-TU ?
...EUH... AÏE... EXCUSEZ-MOI, MADAME... JE JE... EUH...
DJHITVAMÈHTE HANBWÈH HÈL HANÈTHE !
AÏE !
HALOUF !!
KCHAK
BOM BOM BOM BOM BOM
GAREZ-VOUS ! JE SUIS TOMBÉ SUR UNE FURIE !!
BON SANG ! JE PLAINS SON MARI !
TU PARLES ! ELLE ME RAPPELLE MA FEMME !
IL FAUT REJOINDRE LE BATEAU !
OUI ! ALLEZ-Y... ... LE PORT N'EST PAS LOIN ! TOUT SEUL, CE SERA PLUS FACILE ; JE VAIS RÉCUPÉRER L'ÂNE AVEC LES PROVISIONS !
FAIS ATTENTION !
F. Walthéry 77

PEU APRÈS...
MON VESTON! ÇA, C'EST DU POT!!
...EXTRAORDINAIRE, IL EST ENCORE LÀ!
ET ON N'A PAS VOLÉ LA BOUFFE!
HÉ! UN BON MOUVEMENT, FILS DE TA MÈRE!! AVANCE!!
TU ES TÊTU, HEIN? BON! COMME TU VOUDRAS!
SI TU TE PLAIS ICI, MOI, J'AI À FAIRE AILLEURS...
D'AUTANT PLUS QUE LES AUTRES PEUVENT SE RAMENER D'UN MOMENT À L'AUTRE!
PFT! JE NE CROYAIS PAS QUE LE PORT ÉTAIT SI LOIN!
SACRÉE BOURRIQUE, SI JE L'AVAIS ENCORE SOUS LA MAIN, JE CROIS QUE JE LUI DIRAIS DEUX MOTS!
OUF! CETTE FOIS, J'Y SUIS! BON... MAINTENANT, LOUER UNE BARQUETTE... OH?!
MAIS!?!
MAIS?!
MAIS... T... TU M'AS DÉVORÉ LES TROIS QUARTS DE MES FRUITS!
34
f. Walthéry 77

ICI! FILS D'ÂNE!
ICI,... COUCHEZ! SALE VOLEUR!
AH! TU CROIS QUE JE VAIS ME LAISSER FAIRE!
DANS QUOI SUIS-JE ENCORE TOMBÉ?... ÇA PUE!!
ALORS, ON NE PEUT PLUS SE PROMENER TRANQUILLEMENT SANS TOMBER DANS DES PIÈGES INFÂMES, ICI? D'OÙ SORT CETTE INFECTION?
HUILE... HUILE DE POISSON!
PENDANT CE TEMPS...
JUSTIN VA REVENIR, PROFESSEUR,... NOUS AVONS EU QUELQUES ENNUIS!...
JE VAIS VOUS EXPL...
JE SUIS DÉCOURAGÉ, MADEMOISELLE, NOUS NE RETROUVERONS JAMAIS CE TOMBEAU!
AH! JUSTEMENT... IL M'EST VENU UNE IDÉE À CE SUJET; JE VOUS LA DONNE POUR CE QU'ELLE EST, MAIS ELLE ME SEMBLE ASSEZ JUSTE!!
OH! ALLEZ-Y TOUJOURS!
35
F. Walthéry 77

VOICI : DANS SON MANUSCRIT, L'AUTEUR LATIN DIT QUE LA TOMBE DE L'APÔTRE MATHIAS A ÉTÉ CREUSÉE A' UN CERTAIN NOMBRE DE PAS DE LA CROIX CENTRALE, DANS L'AXE DU CROISILLON !...
YOSUN
VOUS CHERCHEZ AU SUD, MAIS LE CROISILLON INDIQUE AUSSI BIEN LE NORD !...
NORD
SUD
ÉVIDEMMENT ! MAIS AU NORD, C'EST LA MONTAGNE ! ET LA ROCHE Y EST DURE !... ILS AVAIENT PLUS DE FACILITÉS EN CREUSANT LA TOMBE SUR LE RIVAGE !...
OUI, MAIS A' CETTE ÉPOQUE, LES CHRÉTIENS AVAIENT TOUT INTÉRÊT A' MASQUER LEURS ACTIVITÉS ...
ET EUX PLUS ENCORE, CAR ILS ENTERRAIENT MATHIAS, UN APÔTRE CRUCIFIÉ ! LA MONTAGNE LEUR OFFRAIT UN REFUGE PLUS SÛR !
M... MAIS C'EST TRÈS JUSTE, ÇA !! COMMENT N'Y AI-JE PAS SONGÉ PLUS TÔT ?!!?!
VOUS VOYEZ QU'UNE FEMME PEUT AVOIR SON UTILITÉ ! ... HUM !
FINIIII LES PLONGÉES, SÉLIM ! NOUS ALLONS CHERCHER DANS LA MONTAGNE !
... VOILA' JUSTIN AVEC LES PROVISIONS !
OOOOH LA LÀÂÂ ! C'EST TOI QUI EXHALES CE DOUX PARFUM D'ORIENT ?
OUAIS !
BOÂÂH !
JE SUIS TOMBÉ DANS DE L'HUILE DE POISSON !!
AH ! JUSTIN, VOUS POUVEZ DISTRIBUER LA NOURRITURE AUX MATELOTS; NOUS N'EN N'AURONS PAS BESOIN ! NOUS RENTRONS AU PORT !
36
F. Walthéry 77

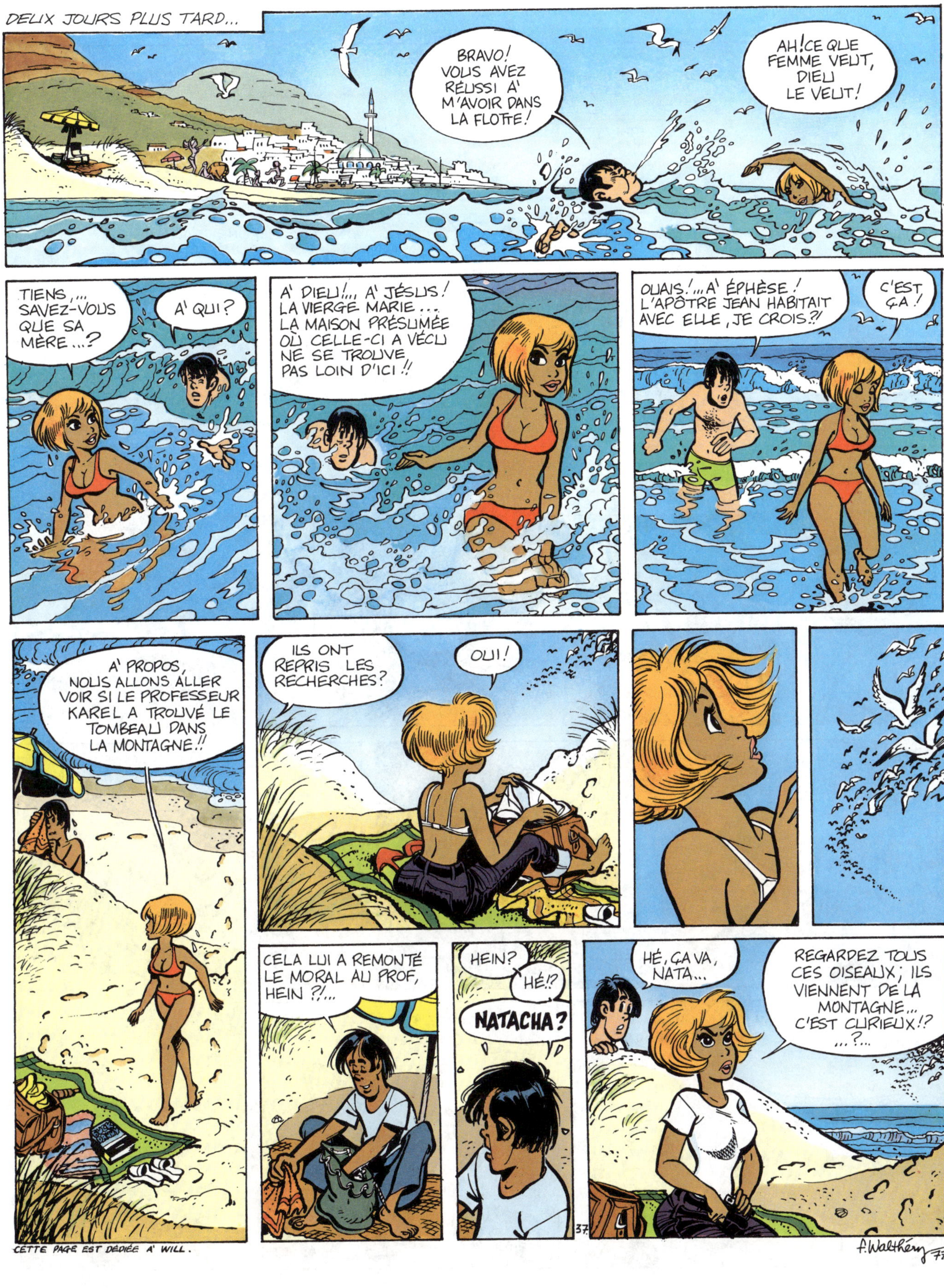

DEUX JOURS PLUS TARD...
BRAVO! VOUS AVEZ RÉUSSI A' M'AVOIR DANS LA FLOTTE!
AH! CE QUE FEMME VEUT, DIEU LE VEUT!
TIENS,... SAVEZ-VOUS QUE SA MÈRE...?
A' QUI?
A' DIEU!... A' JÉSUS! LA VIERGE MARIE... LA MAISON PRÉSUMÉE OÙ CELLE-CI A VÉCU NE SE TROUVE PAS LOIN D'ICI!!
OUAIS!... A' ÉPHÈSE! L'APÔTRE JEAN HABITAIT AVEC ELLE, JE CROIS?!
C'EST ÇA!
A' PROPOS, NOUS ALLONS ALLER VOIR SI LE PROFESSEUR KAREL A TROUVÉ LE TOMBEAU DANS LA MONTAGNE!!
ILS ONT REPRIS LES RECHERCHES?
OUI!
CELA LUI A REMONTÉ LE MORAL AU PROF, HEIN ?!...
HEIN?
HÉ!?
NATACHA?
HÉ, ÇA VA, NATA...
REGARDEZ TOUS CES OISEAUX; ILS VIENNENT DE LA MONTAGNE... C'EST CURIEUX!? ...?...
CETTE PAGE EST DÉDIÉE A' WILL.
F. Walthéry 77

PEU APRÈS...
ON Y EST PRESQUE!
LES VOILA'!
NOUS AVONS CREUSÉ UNE TRANCHÉE QUE NOUS ÉLARGISSONS AU FUR ET A' MESURE!...
JE PENSE QUE VOUS ÊTES SUR LA BONNE VOIE!
HÉ!
...PROFESSEUR! PROFESSEUR! NOUS VENONS DE METTRE A' JOUR UN MUR GROSSIÈREMENT MAÇONNÉ AU BOUT DE LA TRANCHÉE ...
PAS DE FAUX ESPOIR! IL SUBSISTE ICI DES RUINES DE FORTIFICATIONS DU XVI ÈME!
PAS DE DOUTE, C'EST UN TRAVAIL BIEN ANTÉRIEUR AU XVI ÈME!......
SÉLIM, JUSTIN, PHOTOGRAPHIEZ LE MUR ET PRENEZ SES DIMENSIONS!... NOUS ALLONS LE PERCER!!...
COMMENT TE SENS-TU, AUJOURD'HUI? AVEC TON NEZ, SANS DOUTE, COMME TOUT LE MONDE!!
OH, ÇA VA! JE ME SUIS LAVÉ!
REGARDEZ! ENCORE!...
38
OUAIS, REGARDE PLUTÔT CES NUAGES D'OISEAUX QUI GAGNENT LE LARGE!
ILS FUIENT TON ODEUR! HA!HA!HA!
C'EST UN MAUVAIS SIGNE, ÇA!
f.Walthéry 77

AH OUI ?... POURQUOI ?
C'EST QUE LA TERRE VA TREMBLER !
HEIN ?
VITE, PASSEZ-MOI UNE TORCHE ÉLECTRIQUE !
DOUCEMENT, ESSAYEZ DE DESCELLER LA PIERRE !!
VRRRRRR
UNE GROTTE ! C'EST L'ENTRÉE DU TOMBEAU ! SAINT MATHIAS, ME VOICI !
C'EST ALORS QU'UN GRONDEMENT SOURD COURUT DANS LA MONTAGNE...
LE CHIEN DU CONTREMAÎTRE HURLA À LA MORT...
SUR LA MER, LES OISEAUX MARINS CRIÈRENT PLUS FORT... ...
... ... UN NUAGE ÉPAIS, COULEUR DE PLOMB FONDU, RAMPA SUR LE CIEL ET TOUT SUR LA TERRE DEVINT LIVIDE.
39
F. Walthéry 77

QUE SE PASSE-T-IL, SÉLIM ?
ILS VEULENT RETOURNER À LA VILLE !!
IL POURRAIT Y AVOIR UN TREMBLEMENT DE TERRE; ILS SONT INQUIETS POUR LEURS FAMILLES !!...
JE COMPRENDS ! QU'ILS PARTENT, NOUS CONTINUERONS SEULS !
OÙ EST WALTER ?
ÉVAPORÉ ! IL M'A DIT QU'IL MONTAIT ENCORE PLUS HAUT EN CAS DE RAZ DE MARÉE !
TOUJOURS AUSSI COURAGEUX, FROUSSARD !
PAS FOU, MOI, VIEILLE TARTE !
BON ! ALLONS-Y, ET PRUDENCE !
RBBRRRRRRROMBR
VOUS AVEZ ENTENDU ?!?
...NOUS NE RISQUONS RIEN POUR L'INSTANT !
LE PASSAGE S'ÉLARGIT !
OH ?
40
f. Walthéry 77

LÀ ! LE TOMBEAU !
HOURRA !!
DU CALME, PROFESSEUR ! DU C...
BRRRRRRRRMMMRRRRROM
BONK
...PROFESSEUR, IL FAUT SORTIR TANT QU'IL EST ENCORE TEMPS !
CE... CE... CE N'EST QU'UNE SIMPLE SECOUSSE !
AIDEZ-MOI, VITE !
DIEU DU CIEL...
...IL FAUT QUE JE RÉUSSISSE ! C'EST TROP IDIOT !
NOTEZ, JUSTIN : CAVERNE DE 10 MÈTRES SUR 12 ! TOMBE INTACTE !
ATTENTION ! SOULEVEZ !
HOP !
DOUCEMENT !
41
F. Walthéry 77

C'EST LUI!
LA POUSSIÈRE A COMBLÉ LA CAVITÉ; SOYONS PRUDENTS!
DÉPOSEZ DÉLICATEMENT LES OSSEMENTS SUR LES TOILES!...
...ET NOTEZ-LES AU FUR ET À MESURE, JUSTIN!!
OH!?
LES VOICI!!...LES... LES TEXTES DE SAINT MATHIAS! LE MANUSCRIT N'AVAIT PAS MENTI!
ET VOUS N'EN PROFITEREZ PAS, KAREL!
FLEURY!
LAGAN!
OUI! C'EST NOUS!... JE N'AI EU AUCUNE PEINE À CONVAINCRE LES GARDIENS DE LA PRISON À NOUS LAISSER PARTIR DISCRÈTEMENT!
...J'AI LU DANS LES JOURNAUX LES ANNONCES QUE VOUS CHERCHIEZ DES TERRASSIERS!...J'EN AI DÉDUIT QUE VOUS FOUILLIEZ DANS LA MONTAGNE!
SIMPLE!
QUE...QUE COMPTEZ-VOUS FAIRE?
PRENDRE LES TEXTES DE SAINT MATHIAS ET LES VENDRE! JE L'AI BIEN MÉRITÉ, APRÈS TOUT LE MAL QUE JE ME SUIS DONNÉ! PASSEZ-LES-MOI!
42
F. Walthéry 77

BRMMMMRR
RBRMMMMBRRMMMMMMMM
BAW
!
AAAAAAAA!
PROFESSEUR! SÉLIM!!
ARRÊTEZ, ASSASSINS!
ATTRAPE, IDIOTE!
BAW
43
F. Walthéry 77

BAW
JE T'AVAIS DIT DE LAISSER TOMBER! DEHORS! VITE!
LA FERME, IMBÉCILE!
ILS S'ÉCHAPPENT! A'... ?!!! AÏE!
BRMMM
LES AUTRES! MON DIEU!! VITE... TROUVER DU SECOURS!!
OUIE!
BRMM
...PRÉVENIR LA POLICE!
TOUT VA S'ÉCROULER! LA! LA SORTIE!
C'EST TOI QUI M'AS TOUT FAIT RATER!
LAISSE TOMBER, FLEURY, IL VAUT MIEUX FILER!
!
EH BIEN, DÉCAMPE, CRÉ...
A!
AAAH!
GAREZ-VOUS, NATACHA!
ON M'AVAIT OUBLIÉ, HEIN!?
MOI, JE LAISSE TOMBER!
AAARGL!
F. Walthéry 77

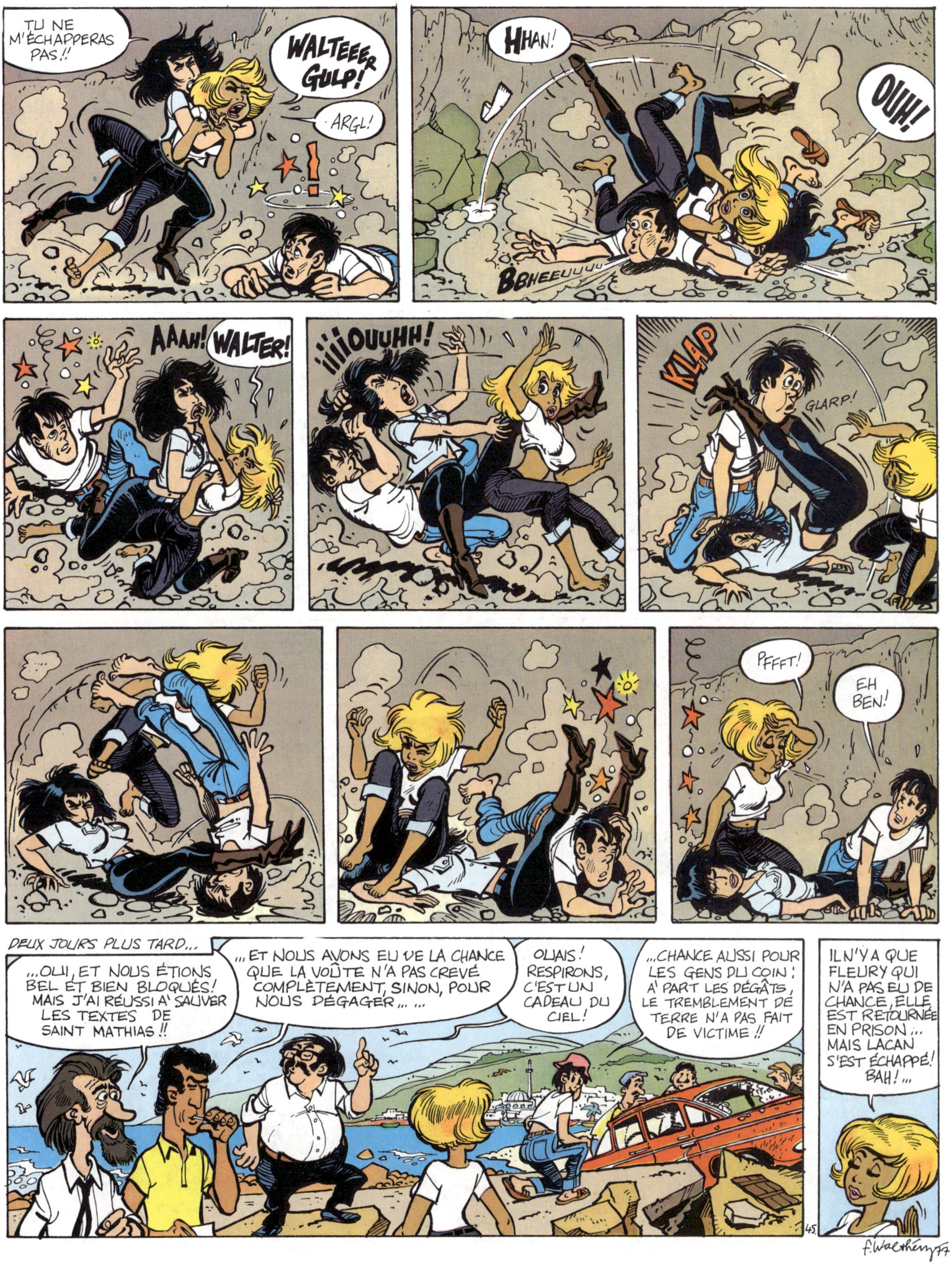
TU NE M'ÉCHAPPERAS PAS !!
WALTEEER GULP!
ARGL!
HHAN!
OUH!
BBHEEUUUU
AAAH!
WALTER!
OUUHH!
KLAP
GLARP!
PFFFT!
EH BEN!
DEUX JOURS PLUS TARD...
...OUI, ET NOUS ÉTIONS BEL ET BIEN BLOQUÉS! MAIS J'AI RÉUSSI À SAUVER LES TEXTES DE SAINT MATHIAS !!
...ET NOUS AVONS EU DE LA CHANCE QUE LA VOÛTE N'A PAS CREVÉ COMPLÈTEMENT, SINON, POUR NOUS DÉGAGER... ...
OUAIS! RESPIRONS, C'EST UN CADEAU DU CIEL!
...CHANCE AUSSI POUR LES GENS DU COIN! À PART LES DÉGÂTS, LE TREMBLEMENT DE TERRE N'A PAS FAIT DE VICTIME !!
IL N'Y A QUE FLEURY QUI N'A PAS EU DE CHANCE, ELLE EST RETOURNÉE EN PRISON... MAIS LACAN S'EST ÉCHAPPÉ! BAH!...
45.
F. Walthéry 77

FIN

PRINTED IN BELGIUM BY
proost
INTERNATIONAL BOOK PRODUCTION